李肇星散文集

李肇星 / 著

青岛出版社

自序

大事小事说不尽,外交为民快乐多

外交无小事。这是新中国首任总理兼外长周恩来常说的。的确,外交事大:谋求世界和平、推动共同发展、维护祖国主权和领土完整、保护同胞在国际上的合法权益、为国家的现代化建设广结善缘,都是至高无上的使命。

外交无小事,是说外交上,人与人的关系,在某种意义上已上升到国家层面。一件小事处理不当,也可能会给党和人民带来损失。

外交无小事,是说外交人员目光要敏锐,说话要严谨,办事要周全。文要读懂字里行间,见落叶而知秋;话要说到位,不多不少,有理有据;事要做到家,对祖国有益无损,让对方也感到舒适,至少是可以接受,真诚追求平等互利共赢;礼宾安排要符合国际惯例,又与我同有关国家关系的发展水平相适应。

外交无小事,是说做大事要从小事做起。在国内,领导干部不一定天天开车床、插稻秧、抄稿子……外交上,则高至国家元首、政府首脑,也得会谈、答问、接电话、边吃饭边交流……

外交无小事，是强调团队精神。每个参与者都得胸怀全局，做好本职，大到把握政治方向，具体到敏感词的翻译、座位排序、纪念品的选择。有关形势调研，团队成员则要事先扎实进行，既关注官方表态，又体察民情；既重视大局，又不忽略细节。习近平同志1988年在《提倡"经济大合唱"》一文中说，要讲协调，讲配合。好比一场足球赛，不能单靠一个人的脚下功夫。

我出生在一个贫穷山村。很幸运，一懂事就来了共产党、八路军，新中国一成立就上了小学，戴上红领巾。1950年我第一次见到汽车，萌发了当汽车司机的梦。1953年我上初中，开始天天读报，做起了当记者的梦。做梦也从未梦到过的是干外交，无意中进了这一行，一干四十九年，历经的事记不清道不完，要不是几位年轻好同事紧催硬逼，我都不敢下笔触动。

好在不论大事小情，"亲切友好"还是"唇枪舌剑"，当科员还是当外长，留下的记忆大多是快乐的：我边干边学，向老前辈学、向年轻人学、向中外老百姓学、向历史学、向现实学，不断充实自己；我在180多个国家为祖国交了一些朋友，有的至今仍相互惦念；我爱人民，知道人民最需要和平和正义，为此我在不同场合和不同岗位上力求问心无愧，做过一些实事，有时情不自禁中说过一些特让善者快、非善者不快的话，这都让我感到欣慰，让我永远对党和人民的培养心怀感恩之情。

为祖国的外交事业竭心尽力提供一点有效劳动，是我幸福和快乐的源泉。如果人生真有来世，我还想为人民好好干活，打工、务农、做外交都行。

2013年10月19日写于中国公共外交协会，12月3日修定于中国驻新西兰大使馆。

目录

001　　送娘远行

004　　儿子三岁

007　　难得最是平常心

009　　波兰总统谈中国男足

011　　从国会山的英文名字说起

014　　有多少人有多少诗

015　　非洲是美丽的

018　　"偶遇"塞内加尔总统

024　　两位抗日女战士走了

027　　爱祖国　谋和平　为人民

031　　军爱民，本立道生

034　　我的记者梦

039　　初到那烂陀

041　　情真辙深

043　　温馨的回忆

047　　国际公关先驱的风采

049　　心中的西藏

054 为人际友善和社会和谐吟唱

057 从摇篮到摇篮

059 世事纷繁寸心知

062 和平科学和谐发展

065 推动亚洲和谐发展奉献青春

069 史鉴清明　理念温暖

073 "城市，让生活更美好"

075 字里行间都是泪

079 心系山乡　兼济天下

081 人品诗品双高洁

087 学不完的五堂课

090 洒向人间都是甜

093 "见证友谊"心相近

096 致刘悦村支书助理

099 《北大洋先生》序

101 在知识海洋面前我永远是小学生

105 文学无国界，文学家有良知

112	有缘心相近
115	坦诚务实，宣传的生命线
118	积淀良久　挥洒自如
120	青春火一把，人生花百朵
122	永远的泰山
127	半个世纪两端的记者情
129	我的留学故事
134	爱国敬民　崇德力行
136	青春礼赞
138	淘尽黄沙始到金
140	谈古奇为今优　兼并绿肥红瘦
142	最受欢迎的中国人是中医
144	冷静观察为和平为发展
147	快乐向上佳而馨
149	走向中年　上善若水
151	爱国敬民，抱朴守静
153	淡泊名利心无愧

155	兄弟姐妹心连心
158	"坛下"小故事
162	历史明镜永高悬，和平发展无遮拦
164	从小自强，天天向上为祖国
166	"我们踏着小路前进"
168	爱人民，天天向上
170	《悯农》与李绅人生演变给人的警示
172	协调并进　抱团共暖
174	祖国万岁，家乡可爱
177	刚毅坚卓　为国争光
179	世界无末日，大道无遮拦
183	如何看待当前的南海形势
189	不忘初心　永葆青春
191	比肩先贤　为民作画
193	祖国处处可爱，各族同胞团结为重
195	饱含热泪的四十年美好回忆

送娘远行

娘去了，远去了，永远地去了……

在50多岁上失去娘，和许多人相比，我是幸福的，在50多岁上成为没娘的孩子，痛苦更加刻骨铭心。

山重？海深？都无法与半个多世纪的母子情相比。

多少年来，常浮现在我眼前的，是日寇入侵时娘拉着我在玉米地里逃难的情景。

是娘用村边池塘里的泥巴当颜料为八路军战士染军装的情景。

是娘用不舍得的鸡蛋，去换两三分钱让我带着去上学的情景……

娘6月18日清晨在胶南医院病逝。

据说，娘弥留之际很平静。她不识字，没留下现代式的遗嘱。

她最后的话只有三个字："要回家。"

是的，该回家了。

她出生于1914年，八十多年来她太累，付出的爱和辛勤太多了。

娘离去时，算来我正在加勒比岛国牙买加访问，也可能正飞往巴西亚马逊州府玛瑙斯。这些年，我走过不少地方，最爱去的还是娘住的那方土地；参加过不少宴会，最爱吃的还是娘熬的米汤；听过不少豪言，最爱听的还是娘那些家常话。对经常外出的我来说，娘是伟大祖国最可爱的一部分，我心头最敏感的一部分。可现在娘要远行了。

送娘远行，千丝万缕。至少有两件事我无法忘记，无法原谅自己。

我五六岁的时候，舅舅捉到一只画眉鸟，给我玩。我爱不释手。

娘说："鸟儿也想家，放了吧！"还没等我作出反应，娘就把鸟儿从我手里拿走，放飞了。

我气急败坏，大哭大闹，用手抓娘的背，逼她赔我鸟。

娘一向相当溺爱我，但在这件事上并没有顺从。

我从未得到另一只画眉鸟。

一晃多少年过去了。

1973年，在内罗毕一次联合国关于环境保护问题的会议上，我猛然记起这件事，意识到娘关心环保的一些朴素意识是那么可贵！

我后悔，没能在娘生前向她承认这一点。

1960年，我国历经严重饥荒。我在北大读书，常饿得难受。

我不知道家里的娘和乡亲们比我更饿，而老想着家乡靠海，总可以弄点鱼虾充饥。

有一天，我写信要娘设法寄点咸鱼来。我很快收到两条小鱼，泡水吃了，觉得好香。

后来才知道，远在家乡，娘和两个妹妹吃饭时为了几片菜叶、几勺菜汤而相互谦让。

这件事，我未曾有勇气向娘认错。

现在想说,晚了。

我爱祖国,爱自己的工作,注重平等待人……这是娘生前身体力行教导过的,这也该是些能让娘宽心的话,如今想说,晚了。

娘已远行,她来自家乡的土地,现在又回到那里去了。

最苦的是,已不能说再见,只能祈求娘在深深的地下继续护佑我、滋育我。

娘永远与我同在。

1995年7月于山东青岛王戈庄垂泪口述,由希东、禾禾、苗苗笔录。

儿子三岁

最近听说老同学戴行钺50多岁上得子，替他高兴。他的得意就甭提了。为了让儿子乐意吻他，他创造性地在自己脸上涂一层蜂蜜，让儿子去舔。巴甫洛夫的条件反射理论果然正确。三两次之后，孩子就非爸爸的脸蛋不亲了。

由此，我想起若干年前自己儿子的一些事。

为让他记住自己是庄稼人的后代，为他取名叫禾禾。禾禾三岁就喜欢问这为什么，那为什么。我们常常答不上来，就让他自己设法回答，他也真能自己回答。

一天，他久久注视一棵小树："为什么小树不会走路呢？""噢，因为它只有一条腿。我有两条腿，太好了。"

"吃包子时，包子为什么流油呢？""对不起，是我把它咬痛了，它哭了。"

"为什么要下雨呢？""啊，天空被乌云弄得太脏，得洗一洗了。"

"为什么雨点往下掉，不往上掉呢？""往下掉有地面给接着，地是它们的妈妈。"

"雨为什么又停了呢？""准是下累了。"

"为什么会打雷呢？""黑云脾气坏，爱吵架。"

"月亮为什么有时胖，有时瘦呢？""它有时听妈妈的话，好好吃饭；有时淘气，不好好吃饭。"

"大海为什么不停地喊呢？""有的浪跑得太远，大海叫它们回来。"

"人为什么要坐飞机呢？""因为人没有翅膀。"

"为什么地上的飞机大，天上的飞机小呢？""到天上，要像小鸟一样才飞得快。"

"风筝为什么飞不远？""有人扯住了它们的身子。"

"为什么许多字我不认识呢？""它们没有告诉我它们的名字。"

"人为什么有两只耳朵呢？""奶奶说，可以一个耳朵进，一个耳朵出。光进不出就装不下了。"

"为什么小朋友坐电车不用买票呢？""他们可以坐在妈妈的腿上。"

"为什么会有黑夜呢？""晚上太阳要休息。"

"爸爸为什么爱看电视上的足球赛？""他自己不会踢。"

"大熊猫为什么走路都慢腾腾的？""跟它们的爸爸妈妈学的。"

"长颈鹿脖子怎么那么长？""因为它们老想吃树顶上的叶子。"

"汽车的四个轮子赛跑，谁是冠军？""往前跑，前面的轮子是冠军；倒车时，后面的轮子是冠军。"

童年是一座取之不尽的宝库。留一分童心，就是留一分真诚；开拓一分童心，就是拓展一分创意。

1999年7月31日乘中国西南航空公司班机赴昆明看世界园艺博览会途中

难得最是平常心
——《远行的诗情》前言

1999年6月，我应一位美国联邦参议员之邀去蒙大拿州演讲。听众中一位女教授说我平易近人，在美民众中很受欢迎。她送我一句英文格言，大意是：天使能够飞翔，是因为她们把自己看得很轻。我颇受感动：天使尚且如此，又何况如我之辈呢？

蒙大拿是美国一个较贫困的农业州。我在那里受到出乎意料的英雄般的接待。后来知道原因之一是中国青岛啤酒厂进口他们的大麦，而我恰好是青岛人，中国人。

今年5月，以美国为首的北约轰炸了我驻南斯拉夫使馆，国人愤慨，世界震骇。我推迟了回国述职的行期，连续接受了美国最大六家媒体的采访，介绍我国政府和人民的严正立场。为此，4500多位美国朋友给我发信，表示支持。我感到幸福，但自己心里有数，我只做了我应该做的。

我在自己的小本本上写道：

在世界面前，我微不足道，
和祖国加在一起，赢得了些许骄傲。

难得最是平常心。别以为自己是什么什么，也别以为自己的文字如何如何。从大处看，谁的经历不是一部长篇小说、一首小诗呢？具体点说，我的业余习作与专业作家的创作不能相提并论，只不过是行色匆匆中随手记下的一些耳闻目睹的事和心灵轨迹。天津的友人愿意把它们集结成书，我看有点勉强，就算是和读者朋友的一种交流吧。

我的奢望是，这本小小集子能像一碗凉白开，喝起来方便；有的读者愿意，就喝上三两口，剩下的泼在地上也聊可增加一丝湿润。

1999年8月9日于北京至北戴河的列车上

波兰总统谈中国男足

2004年6月9日，我有幸参加波兰总统克瓦西涅夫斯基在波第三大城市克拉科夫为中国贵宾举行的家庭式晚宴。我听说克曾任波奥委会主席，便找机会插话，请总统谈谈中国男子足球队的事儿。

总统感谢我提这他喜欢回答的问题，然后笑着说，我年轻时爱好短跑，100米最好成绩是11.01秒。也喜欢足球，左右前锋都踢过，特喜欢在门前传球助攻。跑步和足球是穷孩子的游戏。我现在也是个穷总统，不像我的外事顾问，他经常游泳，因为他富有，有自己的游泳池……

总统接着说，中国男足要注重挑选心理素质好、不怕吃苦、有团队精神、注意战术配合的队员。如果训练得当，中国男足十至十二年后有可能赶上世界先进水平……

他又说，中国老百姓对自己的球队期望高，这有道理，但如果过高，就会对球员形成较大压力，反而不易出成绩；领导和观众应该学会给运动员减压，帮助球员放松，尤其是在大赛前，免得运动员在场上不知所措……

我对总统所谈深表感谢，并问能否将有关内容转告我的老同学中国足协主席袁伟民和中国球迷。总统爽快地说："当然可以。波兰也很愿意加强同中国的体育交流。"

追记于2004年6月中旬自华沙飞布加勒斯特途中,此文曾用笔名发表于《中国体育报》。

从国会山的英文名字说起
——《走进国会山 —— 一个中国外交官的亲历》序

美国是当今世界经济最富有、军力最强大、自我感觉最为良好的唯一超级大国。很自然，美国的国会颇受世人关注。

上山当议员既要有钱，也要有些本事。山下人要上去"参观"则往往摸不着门道。进去了，对它的真面目也往往看不大出来。在"参观"者当中，本书作者丁孝文，江苏海安县人氏，曾在华盛顿生活和工作数年，可能是上国会山最多、也看得较明白的少数中国公民之一。

十几年前，我第一次见到国会山的英文名字"Capitol"，就犯了糊涂。我一看头几个字母，心里就嘀咕，怎么美国人把自己的国会叫作首都？再静心一瞧，才意识到，英文首都一词Capital与Capitol差一个字母。我更加不知其所以然。后来，一位美国学者型高官告诉我，年轻的美国为了显示尊严和权威，而借用了古罗马的一个词，稍加改革，来作国会所在地的名称。

除了在初创阶段能比较尊重世界文化的多样性外，美国国会还做了其他许多有历史意义的事。

政治上，它为巩固美国的独立作出过贡献，也为战胜英国殖民者的复辟作出过牺牲。1814年夏天，英国不甘心在北美大陆的失败，曾派兵进攻华盛顿，放了两把世界有名的大火，一把烧了总统府，一把烧了国会大厦。英国的复辟企图被粉碎后，美国总统府被刷成白色，从此号称白宫；国会大厦则在被修补和扩建后在美国人心目中的地位更加崇高了。1941年，当亚洲人民在日本军国主义的铁蹄下呻吟时，美国原本没想做什么事情；当年12月7日日本偷袭珍珠港成功后，事情发生了变化。美国的对日宣战书就是从国会山发出的。

在美国从一个经济不很发达的国家成为现在世界最发达的大国的过程中，国会山上发生的事情发挥了巨大作用。19世纪60年代，国会山通过宅地法以及关于修建横贯美国东西的大铁路开发美国中西部的法案，促使美国迅速实现了粮食自给有余，并很快成为超过英国的工业大国。

国会山的建筑风格别具匠心。用玉米棒芯和烟叶作为这座建筑的标志，使人不能不赞叹建设者们豁达的审美观。

很可惜，随着美国国力不断强大，到这座山上工作的一些人越来越孤芳自赏，甚至妄自尊大，以歧视别国、干涉别国内政为乐事。山上的许多政客自诩为领导世界新潮流的理想主义者，竟试图把美国的价值观强加给别国。他们高谈民主，却在国际上倡导单边主义，有时竟把别国的事视作本国的一个州、一个县的事，动辄制裁。有的自命为人权卫士，以种种借口支持外国的反对派，甚至对邪教情有独钟，公然伤害别国人民。有的不惜违背联合国宪章的宗旨和原则，煽动别国内战，急了还会直接派兵到别人的土地上大动干戈。当然，他们这样做都经过巧妙包装，都有一些冠冕堂皇的理由，不仔细或太善良的人往往很难看清楚。这样的例子全部写出，可能比国会山那一千多页的规章制度还要长。

这本《走进国会山》也许会是一本比较好的"导游"手册。

愿大家跟它走进国会山时眼睛能更亮些，下山时头脑能更清醒些。更愿国会山上的常驻人员能多下山看看外面的大千世界，不要坐井观天，更不要越俎代庖，耕了别人的地，荒了自己的田。外面的世界很精彩，政治是内容丰富的，经济是全球化的，文化是多样性的。但让山上人认同这一点，看来会旷日持久。

2004年7月4日于雅加达经古晋、广州返北京飞机上。

有多少人有多少诗
自编《古今短诗300首》小序

世界上，诗浩如烟海。有多少人就有多少诗——每个少男少女都认为自己是诗人，每位老者的阅历都是一部诗集。

我爱读好诗，上初中时就雄心勃勃地想编一本古今中外短诗集。半个多世纪匆匆过去，那梦想一如当初，并在许多对诗有相似看法的新老朋友鼓励下开始成真。

我说的"好"，标准很朴素：健康、优美、上口，一两分钟能看完看懂的；是我和不少朋友喜欢，也有时间去喜欢的那种诗。

世界发展的趋势是政治多极化、经济全球化、文化多元化，人则活得越来越忙、越累，爱好越来越泛。诗恐怕还是要的，但从多数读者的角度看，可能是短的会更受欢迎。屈原的《离骚》和荷马的万言史诗固然辉煌，但我们的儿女耽于学数理化和打工、打球、上网等，能偶尔浏览一下唐代绝句和律诗以及其他一些中外短诗也就难得了。

诗难译，短的更难。这本集子尽可能选每首不超过十四行的。肯定还有许多好的没选进，这只能怪自己涉猎欠广或缘分不够，以后在学习中慢慢增补吧。好在这只是为像我这样的业余翻阅者准备的一本小书，可读可不读的。

2004年10月17日于东交民巷至顺义悦言湖途中

非洲是美丽的
——喜见《非洲现代诗选》

自1970年从江西上高"五七"干校去驻肯尼亚使馆至今37年间，我到过53个非洲国家中的47个。说来惭愧，自以为热爱非洲，读过的非洲短诗却总共不超过十首。

有福之人不用愁。今年春节，老同学送来一套河北教育出版社新出的《非洲现代诗选》（汪剑钊译），我连一些节日晚会也顾不上看就开始翻阅。

对欧洲殖民主义长期奴役非洲，诗人的愤慨力透纸背，令人肃然起敬。

阿尔及利亚的哈里发同阿原宗主国法国的诗人魏尔伦（1844—1896）用诗歌进行辩论："先生，你歌颂过的雨滴，在我的祖国上空，却'恰似我们的痛苦，仿佛我们心中的仇恨'。"诗接着写到祖国终于赢得独立："太阳烤干了天空的眼泪，山坡上亮起星星，少女们脸上绽出花蕾。"对殖民统治的憎恶和对民族独立的珍爱表达得淋漓尽致。

圣多美和普林西比诗人艾列格勒对非洲进步充满信心。他呐喊："向前走，非洲，让我们听你歌声中胜利的节奏！让你银铃般的笑声在天上弥漫，仿佛破空而出的箭啸！"

非洲不少诗人有在欧美学习和打工的经历，但他们的心永远向着故土。阿尔及利亚的巴赫里说:"我——雷电的闪击,我爱你,大地!我应和着你的声音回来,哪怕从天涯海角。我怀着崭新的爱情,漫步在你的庄稼地。"喀麦隆诗人尤图这样歌唱自己民族的下一代:"我的小宝宝,当你入睡的时候,你是多么漂亮,我小小的黑肤色儿子!"

塞内加尔前总统写他第一次到纽约的经历,诗行里洋溢着民族自豪感。他眼前的世界第一大都会"只有裹着尼龙丝袜的大腿,没有母亲的乳房;只有昂贵的人造心脏,没有启迪智能的书籍"。他对纽约疾呼:"让黑人的血液流进你的脉管吧,像生命的油一般清除你钢筋铁骨上的锈迹,赋予你的桥梁以山冈的曲线和藤蔓的弹性。"

诗人们立志献身于非洲的发展。加纳的卡夫豪写道:"太阳——非洲的光芒真多!我努力扔弃你炎热的重负,我在新耕的犁沟之上漫步,不停地呼吸你暑热和新生活的沸腾。"

内图于1975年安哥拉独立时当选为安首任总统。他的诗大多以反殖民主义战斗为主题,充满革命激情。他为自由战士们鼓劲:"星星之路拥有自己的起点,追随瞪羚快速地转动,去达到宇宙的和谐!"

非洲人民乐于与邻居、朋友和睦相处。突尼斯诗人佐夫轻柔地呼喊:"请打开窗子,我的朋友!望一眼鸟群,它们自四面八方飞来,在白桦的树枝上晃动,向着太阳鸣唱友谊之歌。请静静谛听,在它们啁啾声里,有各个语种和各个国家的声音。伸出你的双手去拥抱这一个世界!"

爱情和婚姻是非洲诗人经常歌唱的,只不过他们写得更热烈。

象牙海岸的达蒂耶把未婚妻比为天空："我的天空，这个黄昏像母亲的慈爱，像无虑的眼神。你是圣碑！"还有什么诗比这更凝重有力！正像他在另一首诗中所写，非洲青年追求的不只是外表美，"尽管我们知道自己皮肤的黑色是美的，心仪的却是心灵与幸福之路"。安哥拉独立运动领导者之一桑托斯善于用口语描绘殖民主义统治下非洲人民的疾苦。他在《洗衣妇》中娓娓道来："沉默寡言的洗衣妇，弓着腰没完没了地洗……旁边，她那熟睡的儿子，半张着口，一群苍蝇围着打转。"好一幅动人心弦的白描。

有一点想提一下，《诗选》开头介绍诗人国籍时，为方便读者阅读，最好说一说达荷美就是今天的贝宁，象牙海岸就是现在的科特迪瓦，上沃尔特就是今天的布基纳法索，扎伊尔就是现在的刚果（金）……非洲大陆各方面的变迁都较快。

2005年7月7日于京津路上

"偶遇"塞内加尔总统

2005年5月21日,我正在以色列访问。我们一个驻外使馆报告说,中国与塞内加尔就两国恢复外交关系的接触取得进展,塞外长希望与中国外长尽快在第三国意大利会面,请中方尽速回复。

国内判断,这次不一定会签署建交公报,但有可能是一次决定性的接触。去还是不去,由我决定。

我想,台湾问题事关中国的核心利益,塞内加尔是西非大国,现在双方接触正处在关键时刻,对方提出与我见面,不去恐怕不好。我建议跑一趟,国内表示同意。

与以色列外长会谈结束后,我让同行的亚非司司长翟隽紧急与驻叙利亚使馆联系,告诉叙方中国外长有紧急公务,建议访叙推迟一天。然后我带着秘书紧急直飞意大利罗马。

我驻意大利大使董津义到机场迎接。意方跟上来两个长着红头发、穿着花衬衫的男子。我有些奇怪,不知道他们是干什么的。董大使说,这是意大利警方派来保护中国外长的贴身警卫。我听了心里一紧:当着两个第三国贴身警卫,我怎能完成双边任务?董大使可能看出了我的担心,告诉我,按意方规定,别国外长来了,必须派警卫,有什么事情到饭店再说。

使馆在罗马中心广场订了房间。我进去一看,有点豪华,就对董大使说，怎么这么破费呀？他解释说，只有在这个大套间才能摆脱警卫。原来，这里的备餐间有一部电梯直通楼下厨房，我们可以经过厨房悄悄进出饭店，而警卫是在房间正门外警戒。董大使想得真周到。

放下行李，我马上与董大使、秘书到卫生间去。大使掏出一张纸，小声说，最新消息：塞内加尔外长晚上6点半在罗马另一家饭店地下一层咖啡厅等你。时间很紧了，我和大使乘备餐间的电梯"偷偷"溜下去。秘书装模作样从正门出去，一本正经地告诉意方警卫：外长要在房间休息。对方说，如果外长先生要出去，请提前通知。秘书说好，谢谢。然后他一人设法到约定的地方接我们。

我们伫等到快7点，还没有人来。秘书问大使，会不会搞错了？我看了他一眼说："意大利这么好的咖啡你怎么不喝？"意思是要沉住气，不用着急。来之前，秘书打电话问过非洲司的同志，塞外长加迪奥40岁左右，中等身材，健壮精明，总统瓦德大约一米七五高，身体瘦弱。

又过了一会儿，咖啡厅进来一名约莫30岁左右的黑青年，怎么看也不像部长。这时我们发现，在咖啡厅另一角落还坐着一个黑人，看起来彬彬有礼，正在看报纸。秘书觉得那人像塞外长，走过去和他搭话："先生，你觉得这里的咖啡怎样？"对方回答："这儿的咖啡很好，对来自塞内加尔的客人更是如此。"秘书又说："你喜欢这里的咖啡吗？"他说："当然，似乎中国人也喜欢这儿的咖啡。"这样，两人就像电影里的秘密特工一样对上了"暗号"，接上了头。那人马上说："欢迎你的到来，我是塞内加尔外长加迪奥。"秘书马上过来叫我们去。

加迪奥说:"我很尊重中国和中国人民,我读过毛主席的著作。中国人最大的优点是讲诚信。我们只是试探性地提出想见中国外长,没想到你就飞到这儿来见我,我很感动。我想跟你谈两点:第一,我认为所有的政治问题我们都已经谈了,我们遵守一个中国的原则,愿立即纠正对华关系上犯下的错误。这一点我与你们非洲司的许镜湖司长已经谈过,她是我的'姐姐',我有她的电子邮件为证。"他是想证明,他与许镜湖司长接触多、关系好。我摆了摆手,意思是不用看他手里的"证据"。

加迪奥接着说:"第二,一旦我们纠正错误并发布消息,台湾方面就会撤资,一些基础设施项目将会停止,我们不知道中方能否将台湾留下的项目接过去,让塞内加尔政府不会因做出这样重大的决定受到国内批评。还有,我们有20多名学生正在台湾学习,对他们最好的安排是离开台北到北京去。我今天就想听听你的意见。我还想告诉你,现在已经到了我国政府做出决策的时候,最晚不会超过秋天。"

我一边听,一边观察,插空在咖啡桌的菜单上写了几个字:"是塞内加尔外长吗?"悄悄递给董大使。我心里已经有了七八分把握,只是为保险起见,再听听大使和秘书的意见。大使一看,推给秘书。秘书看后写到"看起来像",把菜单经大使推回给我。大使点了点头,用中文说"同意"。通过这种小动作,我们达成了共识。

听完加迪奥的话并基本确认他的身份后,我介绍了我们有关一个中国的公开立场,接着说:"国家有时候也和人一样,难免会犯错误。犯了错误不要紧,纠正了就行。关于你提到的两个具体问题，可以由工作层来谈，我们该讨论的是国家政策。我只想说，你们想纠正错误是个正确的决定，其他问题，建议你通过有关渠道继续与许镜湖司长商谈，中国是信守承诺的。中国是一个发展中国家，并不太富裕，但在援助非洲国家方面做得如何有目共睹，你可以在其他非洲国家看到很好的例子。"

听完我的话，加迪奥面露喜色，说："这儿的咖啡很不错，我提前来这里等你们，喝了好几杯，现在需要去一下卫生间。"结果，他一去就好久没回来。等了差不多15分钟，秘书一些担心："会不会出事了？这也许是台湾当局设的圈套。"董大使也不无担心："台湾当局什么事都干得出来。如果他不回来，今天这事不好收场，没法向国内交代。"前两年，我们曾与一个非洲国家在欧洲谈建交，"台独"分子知道后千方百计捣乱，结果谈判半途而废。我说："我看这个人像外长，刚才我只是顺着他的话讲，没说什么出格的话。他不回来，也没有什么不能收场的，如实将情况报回去就是了。"

这时秘书发现，那个30多岁的黑人又出现了，就走过去问："先生，你从哪儿来？"他马上答道："我从塞内加尔来。"秘书又问："你认识刚才和我们聊天的那位先生吗？"他说："当然，他是我们外长。"秘书又问："那你知道他现在在哪吗？"对方嘟哝说："不知道。"

又过了十来分钟，加迪奥回来了，显得特别高兴："李肇星外长，非常抱歉，我去卫生间长了一点儿。我想征求你的意见，如果有机会，你想见一下我们的总统吗？"我说："我希望有机会拜会你们的总统，但要看机会在哪里、在什么时间，时间是否对得上。"加迪奥说:"那好,总统就在楼上。你愿意去吗?如果愿意去,可以带一名助手。"

就这样,我和秘书跟着塞外长走出了咖啡厅,上了饭店楼梯。电梯走廊里有好几个意大利警卫,着装跟我们甩在饭店的那两名警卫一样,腰间别着枪。秘书看到这阵势,小声对我说:"今天应该不会错。"我心里也更踏实了:要是"台独"分子设圈套的话,是做不到这个份儿上的。

瓦德总统半躺在沙发上,看到我们进来就起来和我们握手,开门见山地说:"外长先生,我非常感动。在我们提出试探性见面请求后,你飞越地中海来到这儿。我知道你还有重要访问,只占用你5分钟时间,请你报告你们的国家主席,塞内加尔政府和我本人坚持一个中国政策。我不能犯别人犯过的错误,更重要的是我敢于纠正别人犯过的错误。现在是纠正错误的时候了,我们将重新回到一个中国的立场上。我同意你刚才与我的外长所谈的内容,犯了错误就要改,这个进程会非常快。不过我们有一些具体的关切希望中方认真考虑。我不愿但必须做最坏的打算,我希望也相信中国能帮助我。我不会与你谈具体问题,我将指示我的外长与你们的具体部门商谈。我考虑,我们相互承认不应晚于今年冬季。我想问你,届时如果我们外长秘密访华,到北京签署复交公报是否可行?"

我越听越高兴,当即回应:"感谢总统先生在这个时间、这个地点、以这样的方式与我见面,这在我的外交生涯中是第一次。这表明你对中塞关系的重视和对一个中国原则的尊重,我表示钦佩。我注意到你强调坚持一个中国政策,这是我们恢复邦交的原则和基础。至于其他问题,那不是条件,只是我们恢复邦交后两国间正常的交往与合作，这方面我们可以做许多事情。塞内加尔是非洲的一个大国，我们重视塞在地区和国际事务的作用。"我把话讲得很清楚：只要塞方承认一个中国原则，我们就可以复交，但复交不能附加条件，不与别的事情挂钩；同时我又给出一颗定心丸：中国不会让他们吃亏。

我接着说："一段时间以来，我们与塞方进行了比较频繁的沟通，希望继续保持联系，实现你刚才提及的目标。回国后我将立即向胡锦涛主席报告，我期待在北京尽快见到我的塞内加尔同行。"

瓦德说："我说过只用你5分钟，我知道你有重要公务在身，我的话讲完了。"

我起身告辞："我们在罗马见面尽管只有5分钟，但这对于两国关系有重要意义。"

返回饭店后，我和秘书在卫生间商定，由他赶快去驻意大利使馆将与塞方的谈话情况报告国内。他一个多小时回来，我们随即动身去机场。出发时，意方警卫还守在房间门口。他们跟董大使的秘书开玩笑说，你们外长真有意思，坐飞机到罗马来睡了一觉，就要回到飞机上了。我们直奔机场，连夜飞赴大马士革，对叙利亚的访问基本没有受到影响。

5个月后，我与塞内加尔外长加迪奥在北京签署两国复交公报。2006年1月，我正式访问这个西非国家，同总统、外长的会见时间均超过"罗马会见"的10倍。

两位抗日女战士走了

2005年8月4日，岳母李华文在北京第六医院静静地走了——去追寻她民族解放斗争中的战友、祖国和平发展中的同事、日常生活中的好伴侣"老秦"了。当年外交部官兵和谐相处，部下管自己的领导也叫"老"这"老"那的。岳母对我说话时管我岳父叫"老秦"。

医生们对岳母进行了一个月的精心治疗，她本人与死神进行了顽强搏斗。她是幸运的，一生做了很多好事，在祖国面前问心无愧。她临终前两个星期问我最近有什么大活动，我说八月最大的活动是纪念抗日战争胜利六十周年，外交部党委准备给部内参加过抗战的老同志，包括给她发纪念章。她很高兴，说"太好了"。她却在纪念日到来前十一天离开了这个世界，不能参加她已受到邀请的活动，也不能看一看、摸一摸她的纪念章。

在我面前，她是岳母；在历史面前，她是抗日老战士。

还有另一位我钟爱的抗日老兵，我娘。她过去没名字，新中国进行首次人口普查时，我妹妹才给她起了个名字——傅英。她出生在1914年。八路军1944年解放我们家乡后，她参加了妇女救国会的工作，给八路军做军鞋，用池塘里的泥巴给八路军官兵染军装……还把自己的丈夫——我大（山东乡下管爹叫"大"）——送去抗战。娘1995年在山东胶南医院去世,当时我正在拉丁美洲访问。回国后听妹妹说,母亲生前最后一句话是"要回家",我听后嚎啕大哭。娘说的"回家",可能是指回归她亲历了十几年的历史,包括那段反抗外来侵略的历史。

在那沉重难忘的8月4日,我情不自禁地对妻子小梅和儿子禾禾悲怆喊道:"又一个抗日老战士走了……"

李华文1916年生于河北南宫。卢沟桥事变后不久,她在冀县北内漳村教小学,常教学生爱国歌曲,讲爱国道理,第二年成了全村第一位女共产党员。除了家务劳动和忙着教书,她负责传达地下党的指示,组织支前,救护负伤掉队的八路军指战员……睡觉时还把手枪放在枕头底下,时刻防止汉奸的暗杀破坏。曾有人用多种方式威胁过这位女共产党员基层干部。

她尊重群众,任晋察冀边区政府冀县县委第一任妇女主任后,依然和一个普通游击队战士没什么两样。新中国成立前,丈夫到中央政策研究室工作,她还是留在村里。乡亲们说:"她当官太太时间挺长,却没沾上官气儿。"

1949年1月31日,丈夫随解放军到北平。她偶尔进城探亲,穿的是乡下土布衣裳。不少人劝她换件城里人的衣裳吧,她说不用:"衣服是伺候人的,不是人伺候衣服。土布衣裳穿惯了,舒服。"

新中国外交部1949年11月8日正式成立后,丈夫到了外交部,她进京任东城区房管处支部书记。

她作为大使夫人先后到过挪威、瑞典、赞比亚和新西兰。按国际礼仪,大使夫人地位也相当高。但在使馆,她从不干政。每次提级,她都说其他同志更辛苦,主张先提拔别人,先改善工勤同志的生活条件。她常在会上会下谈别的同志的长处。

1983年，这位参加革命四十五年的党员离休时，在外交系列里仍只相当于二秘。周围的女同事说："在我们女同志中，华文在国外时间最长，却最爱民族的东西，沾的洋气儿最少，一辈子就是从农村姑娘党员变成见多识广的老太太党员，从拿枪的女兵、拿粉笔的女教员，变成女外交官。"

1999年和2004年开展党员先进性教育活动时，她和"老秦"一起写思想汇报。她还工工整整给组织写过信，提帮助年轻同志成长的建议。住院前，她床头放着党支部发的学习材料，材料里许多字行下面画着重点符号。

又一位抗日老战士走了！我愿把泪水化为力量，多为中国人民和世界人民做实事。这是对她和对所有已故老战士们最好的缅怀……

爱祖国　谋和平　为人民
——凌青《从延安到联合国》序

法国前总统戴高乐说过，在亲近的人心目中是没有英雄的。我和老前任、老邻居凌青大使可能是太亲近了。这些年，我们常在一个拥挤的电梯里上下，在一个小院里擦肩而过。看着他一手提着菜篮、一手拎着晚报，我可能和许多人一样，很少去想他曾对我国外交作出的杰出贡献。昨晚回家，发现他送的书稿《从延安到联合国》和给我的一封信。信中写道："您若能代为作序言，则深感荣幸之至；您若不能，我也理解。"我这才认真思考他光辉的外交生涯。

我和他有相近的一面，但差异更大。他是名人林则徐之后，我家祖辈是农民；他考入燕京大学时，我刚出生；他在延安接待美军观察组时，我还没上小学……

1993年出任常驻联合国代表前，我曾登门向他求教，受益匪浅。这次为他的著作写序，又是一次难得的学习机会。我立即开始阅读书稿，直到凌晨三点。这就在旅行车上写下最初的读后感。

忠于祖国是外交官的天职

1842年,林则徐在国家危难之际扼腕写下"苟利国家生死以,岂因祸福避趋之"的诗句。1985年,凌青大使继续其先辈未竟的事业,通告联合国:中国要收回香港。在新的历史条件下,我常驻联合国代表团和外交部国际司团队经过细致的工作,将香港和澳门问题界定为"中国主权范围内的问题",不属"非殖化"范畴,应由中国人民自己解决,从而为中英、中葡谈判奠定了基础。如果说外交官有什么不同于其他公民的地方,那就是更要刻骨铭心地忠于祖国,而且要把对祖国的爱化为在国际上的有效劳动。

联合以平等待我之民族

凌青亲历了1971年联合国大会通过第2758号决议。他和同事们斟酌提案措辞,争取所有主持公道的国家的支持,为新中国外交史留下了重彩一笔。

联大2758号决议揭开了新中国与联合国合作的新篇章,纠正了一个历史性错误,增加了联合国的代表性、普遍性和权威性。正如决议所说,恢复新中国的合法权利,对维护《联合国宪章》和联合国的事业都是不可少的。

这两天又到了每年联合国大会涉台斗争的关键时刻,很难想象如果没有当年的"2758",今天的形势会是什么样子。历史的魅力正在于此——后辈站在前辈的肩膀上为国效劳。

在战乱中谋和平

朝鲜停战谈判中,谈判室外枪林弹雨,谈判桌边唇枪舌剑。两年的边谈边打迫使美国签字,使新中国站稳了脚跟,也为朝鲜半岛半个世纪以来走向和平创造了条件。

凌青在这一过程中展现了气定神闲的魄力。这离不开抗日战争期间他在延安窑洞和晋察冀边区的磨炼。他曾与蝎子、虱子为邻,吃过野菜,睡过雪地,遭遇过鬼子的扫荡。这些均被他称为"小小的艰苦经历""比起老红军经受的磨砺差远了"。

同发展中国家交朋友

新中国成立之初,在外交上处于相对孤单的境地。同广大发展中国家打开关系是中国外交官的基本功。凌青在罗马尼亚、印度尼西亚、委内瑞拉常驻期间,针对每个国家的特点,认真交友。在罗马尼亚,使兄弟情谊更上层楼;在印尼,增信释疑;在委内瑞拉,开垦拉美处女地。凌青显示出全方位战斗力:政策分寸感强,正确分析形势,反应快速适度;吃苦耐劳,在海拔3000多米的地方活动如常;把联系群众的传统延伸到国外,在异国广结善缘。

团队精神为重

延安时期党的外交工作、板门店谈判、中美建交、香港回归……凌青是这一系列事件的见证人和参与者。凌青牢记外交是国家行为,他只把自己看作是这些大事中的"打杂工"、大机器上的

"螺丝钉"。他在书中很少提及自己的功劳，总是把成绩归功于领导和战友。这一点尤其值得自我意识特强的"新生代"参考。

勤奋谦虚

凌青哲学修养深厚，史地知识丰富，中英文俱佳。但他仍说自己是"土包子"，口语差，急需补课。而我夫人，他的老部下秦小梅说，84岁的凌青仍能从容地用英文写作；他的中文造诣在当年的外交部国际司首屈一指。曾在他之后任国际司司长和常驻联合国代表的李道豫以及我的两位校友——中国人民外交学会会长杨文昌和中国联合国协会会长陈健都说凌青"德艺双馨"。

我热情地向读者，特别是"八〇后"朋友推荐这本书，相信大家能从中体味中国外交战士的精彩，感受为祖国外交事业奉献的快乐。

2007年9月1日于北京东交民巷至长城居庸关路上

军爱民，本立道生
——祝贺南京陆军指挥学院70周年

我和人民军队有数不尽的幸福情结，包括同南京陆军指挥学院。

我出生后不久，家乡就解放了，我吃的第一个白面馒头是在我家天井里做饭的八路军炊事班给的；我学着哼哼的第一支歌《解放区的天》是八路军战士教的；上了小学，我看的第一部歌剧《小二黑结婚》是民兵县大队文工团演出的；上了中学，我听的第一个国际形势报告是上甘岭英雄黄继光部队一位营教导员做的；研究生毕业后，第一次正规学习军事理论，是在南京陆军指挥学院的前身——中国人民解放军高等军事学院。

1966年，这所学院设在南京紫金山余脉富贵山上，院长是刘伯承元帅，步兵系系主任是许世友上将。我刚进中国人民外交学会亚非部，奉命陪同六位非洲自由战士到学院步兵系接受培训，兼作翻译。那时，我军经费不宽裕，学员急等着学成回国参加指挥争取民族解放的战斗，所以教学人员编制精干、课程安排紧凑，短训班学制一般不超过两个月……所以，我这个预备党员、预备役民兵竟有幸能在这最高军事学府当上外国留学生的领队。

为了准备给许世友等我少年时代就仰慕的教官做翻译和辅导

非洲青年朋友，我两个月内通读了《毛泽东军事文选》中英文版各一遍。我如饥似渴地在课堂上听、译，在晚自习时尽我所能给学员个别讲解毛主席军事论述。我同情广大非洲人民长期受欧洲殖民主义奴役的处境，决心多帮助他们。同时，非洲青年学员立志建国救民、刻苦学习、勇于献身的精神，令我感动。他们是我的好老师。

除了战略、战术教育，学院注重教学生使用一些常规兵器的基本功。在翻译过程中，我和非洲朋友一起学射击、投弹……考试时，我手枪射击成绩优、半自动步枪射击良、步枪一百米三种姿势连续射击及格。我训练机会比学员多。教官们特别关心学员的安全。为了最大限度地减少伤及学员的事故，上投弹等实战课时，教官每次只教一个学员，而译员每次都在。曾有过一些惊险，如有的学员因过于紧张而把已拉弦的手榴弹掉在自己教官和译员跟前，得靠教官及时果断处理。

最热烈、效果最明显的是军民一家传统教育课。结业时，每个学员都说为人民服务的建军建国宗旨是根本。有两个学员还学会了用中文唱"军民鱼水一家亲"。

这所学院为中国人民服务，为非洲人民服务，在国际上威望很高。从1970年开始，我在非洲常驻近九年，访问过47个非洲国家。在双边和多边活动中，我遇到过不下20位在南京学习过的总统、总理、部长、省长、大使、参赞、司长……我和他们以做过校友、战友而高兴，他们在工作上给过我宝贵支持。我们都愿发扬学院的好传统、为中非人民和全世界人民的友谊继续努力。

为人民服务的路没有终点。70岁的母校正当年华。遥祝生日快乐!

2008年"八一"建军节后自北京飞日内瓦南方中心会晤坦桑尼亚前总统姆卡帕途中,子夜于巴黎南郊148招待所。《论语》里有句话"君子务本,本立而道生",转引自许嘉璐博导《未了集》。

我的记者梦

——刘江《国际通讯评论选》并序

一位国家通讯社的领导和外事记者的作品一般以冷静见长,不会像文艺作品那样容易引起读者共鸣。翻阅刘江同志这本沉甸甸的《国际通讯评论选》,我却常常心潮澎湃。除了因为他写得实在,还因为我们的生活轨迹相近,感情历程相通。

我读初中时开始梦想当记者,最高干到班黑板报的体育记者,高中时做过学生会油印小报副主编;还常背着老师,躲在学校大墙外的麦子地里,给北京、上海和青岛的报纸写关于我们班好人好事的报道,其乐无穷。离开大学后在外交部新闻司工作十一年,为中外记者服务,也比别人更早更多地看他们的劳动成果。刘江则在记者岗位上一干就是几十年,令我羡慕。

20世纪60年代,我曾参与支持非洲人民争取民族解放事业,70年代在东非常驻近七年,80年代在南部非洲工作两年,把青春纯情献给了中非友谊。刘江对非洲的热爱则更加深沉,他为中非友谊付出的不仅是辛劳,差一点是生命。他于1992年和1993年期间出任新华社非洲总分社副社长。总分社位于肯尼亚首都内罗毕。肯尼亚以阳光灿烂和湖水清凉著称,其邻国索马里却连年战乱,"没有统一政府,没有统一警察,没有统一法律;每四人中就有一个持枪者"。刘江曾奉命三次自肯赴索采访。其中一次，他租用的车受到枪击，司机当场毙命，刘江双腿被高速开花弹击中，左腿粉碎性骨折，在当地瑞典野战医院短暂治疗后，被人用担架抬上飞机离索。

刘江是越南战争后第一位在国外战地采访中负重伤的中国记者。他受伤后，法新社、美联社等国际大通讯社立即发出快讯。国内更是十分惦念刘江。我当时在外交部分管新闻司和非洲司工作，参加了中央研究如何处理此事的会议。会上，许多同志被刘江不怕牺牲的敬业精神感动得流泪。

七年后的一个节日，我去纽约郊区看望在训练中受伤的女体操运动员桑兰，暗自把她比作体育界的刘江，说他们在各自领域都是：

> 大雪后年轻的青松，
> 雷雨中飞腾的山鹰，
> 祖国的骄傲，
> 战友的光荣；
> 美丽的凯歌，
> 善良的结晶……

20世纪末，刘江出任新华社华盛顿分社社长，我出任驻美国大使。这期间，发生了中国驻南联盟大使馆遭美国导弹袭击、中国加入世贸组织谈判、两国领导人互访等一系列重要事件。我们俩岗位不同，却为了一个共同的为人民服务的目标，相互同情，相互支持，一起经历了冷战后中美关系的跌宕起伏，见证了中美关系冲破重重险阻不断发展的艰辛，品味了同样的酸甜苦辣。

美原常驻联合国代表、国务卿奥尔布赖特在其回忆录《国务卿女士》中写了她1999年5月某个深夜带着几位同僚和保镖到我驻美使馆为中国驻南斯拉夫使馆被炸道歉的事。

这件事在我的记忆里恍如昨日。她一见到我，首先郑重提出，她今晚奉总统之命到使馆，只见大使一人，不见记者。我当即郑重回应："在我大使馆，你的安全是有保证的。你见不见记者不是我的事。但你知道，'炸馆'事件中，三位遇难的中国公民中，邵云环是中国最大通讯社的一位女记者，她的同行们能不格外关心吗？"

那次会见一结束，我跑回办公室赶紧向北京汇报，顾不上送赖出门。赖回忆录称，她同我告别后，一群中国记者挡住她的去路，"严厉责问美国为何杀害他们的同事"。这群严斥美国国务卿的中国记者中就有刘江。对这一事件，刘江怀着与祖国人民以及留美学生、华侨华人和美国朋友对霸权主义行径的同样义愤，写了好多篇读来激人奋进的文章，拳拳之心撼人肺腑。

我在学生时代为《光明日报》投过稿，这次不幸牺牲的也有这家报纸的记者，我便情不自禁地含泪为该报写了《凭吊在南斯拉夫牺牲的三位记者》：

> 每一条生命都是母亲孕育，
> 鲜血凝成，
> 几多冰心玉壶，
> 几多十里长亭……

肩并肩悲壮呼喊：
筑起我们新的长城！

在那些悲痛的日子里，所有有正义感的人们，包括刘江和我，心心相通。新闻是跨国界的交流，外交是跨国界的沟通，但记者和外交官是有祖国的，有人之常情的。我为有刘江这样的战友感到幸福。

刘江青少年时代在老家种过地，做过工，当过营业员；进过中国学校，念过美国大学；学习过英文，主攻过历史和经济学；做过天天向上的小学生，当过诲人不倦的大导师；在新闻界，从事过最基层的工作，担当过高级编辑和领导职务，多次荣获全国性表彰和奖励。

刘江阅历丰富，教育背景宽广。他的通讯和评论涉及天下种种大事，又紧密联系普通民心，服务于国家和平发展和中外人民的相互了解。比如，他报道反恐斗争的艰难和点评西方少数政客在人权等问题上的偏见时，反映的是全世界人民求和平、谋发展的共同愿望。

他的文章立意高远又脚踏实地。他坦诚批评国际政治秩序和经济秩序的不合理，又努力把握政治多极化和经济全球化的趋势。大处着眼，小处着手；重点醒目，细节动人，是刘江新闻作品的魅力所在。

他的通讯和评论寓意深刻，见解独特，有历史感，富前瞻性。比如写奥运会，他能从一百多年前顾拜旦用体育唤醒人类良知的灵感写起，预见到北京第29届奥运会的成功……

他的文字朴素犀利，继承了中国文化的好传统，也借鉴了外国语言文学的一些长处。

由于同记者接触多，我养成了爱提问的习惯。我先问自己：他爸妈为什么给他起名刘江呢？噢，安徽五河人！是为了让他记住祖国和家乡的江河，永不忘本吧？那么他为什么用"春江"作笔名？想必是要提醒自己从善如流。我为他的成就表示祝贺后，干脆提问："在前辈记者中，谁最值得学习？"他脱口而出："许多，比如穆青、郭超人、南振中……"

我大悟：一位好作品多如一江春水的记者背后必然有领导和群众的指点和帮助，有自己的勤奋和谦虚。我想起四十多年前就熟悉的穆青、郭超人两位新华社老社长困难时期在河南兰考和西藏高原的艰苦采访和辉煌报道，一时间浮想联翩，想写的事例多如月夜春水。想起刘江和我的同事振中同志严谨简约的文风和"有话则短，无话则免"的话风，才就此打住……

总之我觉得，不管哪行哪业的人，翻翻这本凝聚了刘江半辈子心血的书，一定会有利于滋润内心追求美好未来的梦想，有利于开阔和深化对外部世界的观察，有利于增加为中国人民和世界人民多做些实事的信息和知识。

2008年8月15日（印度独立日）于自纳兰达大学回北京看第29届奥运会途中

初到那烂陀

初次飞往那烂陀的途中，早已不像年轻人那样容易激动的我，忽然抑制不住心绪的起伏，对那即将抵达之地充满了期盼。

那烂陀，给人以智慧之地！是1300多年前唐朝高僧玄奘先学习、后讲授佛学的地方，是东方人向往的地方！纵然是饱读诗书、历经沧桑之人，到了这里，也会慨叹学识浅薄，从而求知若渴。

我从少年时代就期冀有机会在那烂陀这所数个世纪前以研究哲学、佛教、医学和数学而闻名于世的大学遗址上，寻找历史的沉淀，追寻智者们留下的痕迹，汲取更多的智慧。庆幸的是，藉玄奘纪念堂竣工之际，我终能沿着玄奘用历史的脚步走出的友谊之路，实实在在地踏上了那烂陀的土地。听微风吹起菩提树响，如佛乐般轻柔，看来自世界各地的比丘们在那烂陀的断垣残壁中低眉沉思或轻声诵经，领悟"佛以一言演说法，众生随类各得解"，是难得之人生快乐。在这里，不分国别、民族、语言、背景，人们的心灵似乎是相通的。更令我欣喜的是，在中印两国政府和人民共同努力下，修缮一新的玄奘纪念堂在夕阳下熠熠生辉，见证着中印两大文明穿越时空再次牵手，感受着两国人民"结伴而行、命运已共"的情感。一天一夜很快就过去了，我依依不舍离开那烂陀。来时激动，去时充实，中印悠久的文化交往已结下友谊之果，在新的世纪和千年里，中印人民定能和睦相处，携手合作，共绘美景。

初到那烂陀，印度人民正沉浸在赢得百年以来首枚奥运金牌的欢乐中，古老的那烂陀的欢歌笑语令我分外愉悦。我为印度人民高兴，为那烂陀高兴。

在东亚各国支持下，那烂陀恢复昔日之辉煌已不再是梦想。来自印度、日本、新加坡和中国的那烂陀顾问团成员们一致认为，在亚洲各国携手建设和平与和谐亚洲之际，重建那烂陀大学，使其成为学习及跨宗教、跨文化对话中心，有着深远意义。人们有理由期待那烂陀在新时期焕发出勃勃生机，在历史与现实之间构筑起联系的桥梁，在不同文明和宗教间平等对话；相信那烂陀这位"知识的给予者"，必将如往昔一样，在不同文化和人民之间传播知识、种植友谊、培育智者、创建和谐。

鲁迅先生说过，"印度则交通自古，贻我大祥，思想信仰道德艺文，无不蒙贶，虽兄弟眷属，何以加之"。印度诗人泰戈尔认为，"印度感觉到中国是极其亲近的亲戚。中国和印度是极老而又极亲爱的兄弟"。中国和印度的兄弟情谊与玄奘有关，与那烂陀有关。今天，两国全方位友好交流必将随着对那烂陀大学的重建和对那烂陀文化的传播而走向新的高度。

2008年8月于西藏拉萨饭店

情真辙深
——序刘德宝《真情辙》

人和事相似的一点是，惯性的力量挺大。刘德宝和我，两个分别在山西和山东乡下长大的孩子，书信交往已经五十一年。他当过县长和省厅干部，但从这本书看，他随时随地把观感变成文字的"积习"愈演愈烈。和不少官员不大一样的是，写作成了他业余生活的主要乐趣。他喜欢"相对论"创始人爱因斯坦的格言："人的差异产生在业余时间。"

温饱问题基本解决后，收藏成为一种时尚。有人集邮、有人集币，有人集车……我认识的人中，比尔·盖茨收藏美国前任总统们的书信原件，熊光楷上将收藏有作者签字的书，前副外长杨福昌大使收藏有意义的菜单，甚至拥有一份毛主席在革命圣地延安宴请外宾的菜单……刘德宝则喜欢亲笔收藏自己的感情阅历，这本书是又一明证。

书中令我心动之处很多：

关于对父母的爱。作者咏叹了毛泽东、周恩来、朱德、邓小平、李先念、陈毅等老一代领导人对母亲的深情，也详细告诉读者，他"牙牙学语"时就向父亲学种山药蛋，向母亲学连掉在桌子上的米粒也要吃干净；他如今进入政协仍坚持"饭后刮碗""吃薯带皮"……我联想到，一个真心爱父母的人一般来说也真心爱祖国。

关于对家乡和母校的爱。困难时期"小米加细糠的粥"和趣味横生的"枣节""乡戏"，上中小学时玩的"套猫绳""打毛蛋"和老师们的教诲，以及改革开放盛世为借鉴外国保护环境和发展畜牧业经验而到外地和外国考察的感受，都热气腾腾地出现在字里行间。他还悄悄地做了点自我表扬，说有一次回乡探望母亲后在返城的公交车上为一位带小孩的乡嫂让座，被赞扬为"书记让座学雷锋"，他知道古训"莫以善小而不为"。

关于虚心好学。有一次，他"这位年过花甲的中国作家协会会员"读错一个汉字，被孙子和外孙女当场指出，他赶紧认错，按小孩子纠正的，"连读三遍"。数年前，应他的诚恳要求，我向他推荐过铁凝（当时尚不是作协主席）的《哦，香雪》。我说过便忘了，他却专门找来读了这部短篇小说，认真写了读后感，并用以教育子女。志在高远重要，同样重要的是虚心学习。当了家长、老师、首长……不应光要求孩子和部下好好学习，自己应率先垂范。

德宝此书情真辙深。

2008年10月14日于自北京赴格林纳达途中

温馨的回忆
——纪念中国与肯尼亚建交45周年

2005年4月，我任中国外交部长期间第一次，也几乎是唯一一次陪一位外国外长登上北京郊区陡峭的"世界七大奇迹"之一长城。来访的是肯尼亚共和国外长姆瓦奎雷。这次愉快的攀登和我的肯尼亚情结息息相关。

我于1963年12月14日中肯建交半年后从北京大学毕业，进入中国外交部。在经历了几年进修和劳动锻炼后，我于1970年到1977年间在驻肯使馆工作。

七年里，我的足迹几乎遍及肯尼亚全国各地，深深为当地保存良好的传统文化、多样的生态环境和迷人的风景所打动。从北方的图尔卡纳湖到南方的马加迪湖，从维多利亚湖畔的基苏木到印度洋之滨的马林迪，从肯尼亚山下的树顶旅馆到马赛马拉大地上的原始村寨……"天涯有故乡"的感觉一直伴随着我。

我拜肯尼亚人民为师，包括拜在使馆工作的肯尼亚司机和园丁为师，努力学习肯尼亚的历史和文化。原始人类的进化、反殖民统治的"茅茅"运动、肯尼亚的独立……都在我学习的课程之内。我常常回想起那些激动人心的岁月：肯尼亚人民在"国父"肯雅塔总统的领导下前进，追随他提出的"团结互助""黑色是美丽的"等信念。肯雅塔为有色人种的尊严不懈战斗，渴望将全民族团结起来争取自由和发展，这鼓舞着一代又一代的肯尼亚人，也感染了我这名来自中国的青年。

七年间，我多次为肯雅塔以及先后接替他任总统的时任副总统莫伊和时任财长齐贝吉做过翻译，近距离地感受了肯尼亚民族解放运动先驱者的高尚情怀。这期间，我也从使馆职员被光荣地提拔为随员。可以说，肯尼亚和中国驻肯使馆是把我培育成外交官的最后一个摇篮。

写这篇文章时，无数美好的回忆在我脑海掠过。有一次，我去机场送客人，急需为客人买点药，但带的钱不够，内罗毕国际机场药店的老板立即表示："先拿药，钱以后再说。"有一次，我们的车子在野外抛锚，一群好心的年轻人帮我们推车，使车子重新发动起来。有一次，我去独立大街文具店购物，一位店员发现我手臂上有在广东农场劳动时留下的汗斑，便热心告诉我用木瓜汁治汗斑的偏方。有一次，一位肯尼亚官员连夜驱车从内罗毕赶往纳库鲁，为了让来访的中国乒乓球队用上一张好球桌……不知有多少次这样的"有一次"。

我永远忘不了那些为了追求知识而光脚走好几里地去上学的肯尼亚孩子，忘不了那些在克里乔茶园里日复一日采摘茶叶的工人，忘不了那些在基苏木田地里收割甘蔗的农民，忘不了那些在埃尔多雷特坎坷小道上刻苦训练的运动员，忘不了那3000多万善良、纯朴、勤劳的肯尼亚男女老幼。

在蒙巴萨耶稣堡国家博物馆里，我看到许多来自中国古代的瓷器。中国航海家郑和与他的船队早在1405年就访问了肯尼亚沿海城市，今天郑和船员后裔的故事仍在遥远的拉穆群岛西尤村上流传，歌咏着中肯人民源远流长的友谊。

还有一件事不能不提：1971年，肯尼亚与其他非洲国家一道，支持恢复中华人民共和国在联合国的合法席位。2758号决议通过后，肯尼亚大使离开座位，为中国和各国主持正义朋友们的胜利而欢呼雀跃。1993年，我出任中国常驻联合国代表后，更亲切地体会到这种支持的可贵。

在肯尼亚的七年里，我常利用假日和周末学习斯瓦希里语和旅行。现在我们驻肯尼亚的大使曾半开玩笑地向我抱怨，他时常要工作到半夜。我回答："这说明我们那时工作比你们效率高。"其实，我能理解他所担当的重任。四十五年来，中肯关系越来越密切，互利合作内容越来越丰富，两国的外交官当然要加倍快乐地忙碌了。

肯尼亚前总统莫伊曾三次访华，现任总统齐贝吉已两次访华。中国国家领导人也多次访肯。两国省部级的交流更多。去年，中国全国人大外事委员会派团访肯。今年上半年，肯尼亚议会外委会对我们进行了回访。今年前九个月中肯双边贸易总额达9.06亿美元，同比大幅增长32.4％，肯尼亚对华出口增长41.1％。2007年中国访肯游客人数达19000余人。这在十年前都是难以想象的。在中国广州的街头，也出现了越来越多的肯尼亚商人。他们可以很方便地从广州或香港搭乘肯尼亚航空公司的直航班机往来于两国和亚非两大洲之间。

中国人对肯尼亚的了解更多了。三十八年前，我动身前往肯尼亚时，一些亲朋好友以为肯尼亚，或者说整个非洲大陆，就是干旱和炎热的代名词。今天，这种印象早被抛到九霄云外。肯尼亚已成为中国新婚夫妇度蜜月最为浪漫的地方之一。肯尼亚咖啡是上海咖啡店里最受欢迎的选择。在北京地铁中，纳库鲁湖火烈鸟起飞起时形成的红色云霞以及令人叹为观止的马赛马拉动物大迁徙成为最引人注目的海报画面。特别是在北京奥运会闭幕式之后，中国人民和全球人民一样，对男子马拉松冠军万吉鲁的家乡——肯尼亚有了更加深刻的印象。

肯尼亚民众也渐渐熟悉了一个真实、充满活力的中国，对中国的兴趣在不断上升。2006年，我陪同胡锦涛主席访问肯尼亚，惊喜地听到内罗毕大学孔子学院的学生用中文齐唱中国民歌《茉莉花》；在街上遇见的许多肯尼亚朋友都能用"你好"打招呼。

我念念不忘这些往事，是出于一个坚定信念：过去、现在和将来，两国都会有一些不同之处，但我们的相同之处更多。我们有许许多多的共同利益、共同立场和共同关切。我们有着相似的历史、相连的命运和相依的未来。我们都珍惜来之不易的国家独立、主权和领土完整。我们都爱和平、重友谊，努力探索适合自己的发展道路，都致力于建设更加民主、文明的祖国，让老百姓过上更幸福的日子。

从长江到塔纳河，从青海湖到纳瓦沙湖，从天津港到蒙巴萨港……我们从来没有像今天这样亲近，我们的合作从来没有像今天这样为双方带来诸多实惠……在中肯建交45周年之际，温馨的回忆将激励我们继续共同携手前进。

2008年12月12日于澳门飞北京航班上

国际公关先驱的风采
——《亲历中美建交——柴泽民戎马倥偬的军旅岁月和五任大使的外交生涯》序

得知由新华社资深记者孙国维执笔的《亲历中美建交——柴泽民戎马倥偬的军旅岁月和五任大使的外交生涯》出版在即，十分高兴。前些天，国维同志要我为回忆录写序并寄来了文稿及柴老给我的信。我一口气读完文稿，心情久久不能平静。

柴老出生于山西闻喜县一个贫农家庭。他早年投身革命，做过地下工作，带过兵、打过仗；新中国成立后，任北京市委秘书长，开始接触外事工作；1960年调入外交部，先后出使匈牙利、几内亚、泰国和美国；1982年出任中国人民外交学会副会长和中国国际公关协会会长。如今，九十高龄的他，仍在为增进中国与世界各国人民的友谊而奔波。

柴老不平凡的经历铸就了他勇担责任的革命精神，勇往直前的军人品格，严肃干练的工作作风，宽厚待人的优秀品德，巧于应变的外交风范。

作为首任驻泰王国大使，他在两年半时间内经历了两次大选、三次政变、四任总理和五届政府。在政局如此动荡的情况下，柴老积极工作，克服困难，为中泰两国政府和人民架起了坚固的友谊桥梁。为此，泰国王授予他最高荣誉——白象勋章。作为首任驻美大使，柴老品尝了在春寒料峭的中美航道上"首航"的酸甜苦辣，在荆棘丛中开辟两国关系健康发展之路。

柴老有一股山西汉子革命加拼命的精神，经常通宵达旦地忘我工作。在美国期间，从白宫政要、国会议员到地方州长和市长，从民间团体和侨团领袖到平民百姓，他都交往。他尊重每一个人，不以权位取人，也不以貌取人。对于别人的相求，只要力所能及，必然慷慨相助。多少年过去了，他许多朋友访华时还会指名道姓地要求见他。柴老气度大、度量宽、积极乐观。这主要得益于他做北京市委秘书长时练就的内功：不管遇到什么人和事，都能不急不躁，善待民众。

柴老常对身边的同志说："凡于国于民有利的事情一定要坚持，凡是能帮助别人排忧解难的事一定要干。"他这么说，也这么做。这是柴老一生为人做事的根本。

本书分别从中美交往的背景和柴老的经历入手，以中美苏关系演变的重大事件为线索，通过鲜为人知的故事，为我们揭开了中美从接触到建交的面纱，将这段历史娓娓道来，使读者既可领略柴老作为国际公关先驱的风采，又可品味跌宕起伏的外交场面。

2008年12月19日旦于北京芳草地小学

心中的西藏
——谈陈英明校友诗集

我还未见过陈英明校友,但已在羡慕他,被他的诗感动。

英明1964年在河南夏邑出生时,我已参加工作;他在北京大学进修时,我远在非洲。我一辈子四到西藏,在拉萨、日喀则、羊八井……总共停留不到三星期,而他已有幸在西藏与藏族兄弟姐妹一道辛苦、快乐地劳动了三年。没有这三年,就不会有这部诗集。我四次进藏仅写出两首不讲平仄的小诗,看来是符合逻辑的。

所幸,我和英明对祖国的爱是共同的,对祖国的宝地西藏的爱是共同的。十一届全国人大二次会议闭幕后,我离开山东代表团回家,一见这部诗集就欣喜地读到深夜,今天又在飞往纽约的班机继续"享受"。

西藏山河壮丽,在作者笔下活灵活现。

西藏人民的勤劳、智慧,在诗中呼之欲出。

西藏的沧桑阅历,更涌动在字里行间,引起我无限共鸣。比美国独立战争和法国大革命早五百多年,西藏已在行政上正式纳入中国版图,但至今还有少数西方政客在挑逗"藏独"。一两百年前,西藏人民曾多次英勇抗击英国殖民主义侵略军,但至今还有持"双重标准"的人借"西藏问题"干涉中国内政。美国总统林肯宣布解放黑奴九十六年后，西藏百万农奴才翻身当家做主人，但个别良知残缺的人仍在为政教合一的农奴制辩护……以致去年的今日竟发生了少数西方政客多方煽动、"喜闻乐见"的拉萨暴力犯罪事件。他们的傲慢与偏见在提示世人：人类文明已有进步，但仍需再接再厉；国际关系已大有改变，但还急需进一步人性化、民主化。西藏的历史和现实是最好的老师。

我曾遇到一位西方议员，他批评中国中央政府让汉族官员"潮水"一样涌入西藏。我建议他先去西藏看看再提意见。他说，血压有点高，怕有高原反应，不方便去。我说，我可请中医帮你治好病，我陪你去。他还是不同意。我这才无奈地说："你以为汉族干部血压都不高，都不怕高原反应吗？我们是千里挑一，选那些热爱西藏老百姓、特别不怕苦的好干部去援藏的。哪有什么'潮水'？"我顺口提到两位老乡的名字：杨传堂、孔繁森。那时还不知道本书作者的事迹，少了一个例子。

有历史明镜，有伟大祖国，有《中华人民共和国宪法》"国家根据各少数民族的特点和需要，帮助各少数民族地区加速经济和文化发展"等规定，西藏的前景无比美好。本书对此有精致描绘，读者会爱看。

在飞机的轰鸣声中，心中的话不知有多少，怕飞过白令海峡也写不完。就用上面提到的我那两首业余小东西结尾吧！

一、拉萨梦——"情切续前缘"
　　夜宿日光城，
　　　收获着靓丽的梦。

高原反应有一点儿，
文成公主忙照应。
罗布林卡幡旗飘，
扶我直上哲蚌顶。

千沟万壑望不断，
松赞干布把路平。
雅鲁藏布高浪里，
灯光万千留倩影。
大昭寺的古钟传播祥和，
假日饭店的现代舞雄伟恢宏……

天底下此城最多情，
好事似梦又非梦。
文成公主们，
分明是前藏和上海女大夫，
"刚毅深沉"们，
分明是后藏和四川众民工……

（1990年7月29日于拉萨假日饭店。"松赞干布"藏语意为"刚毅深沉"。新加的副标题引自本书《怀念西藏》一诗。）

二、雅鲁藏布之花——"高远、神秘、秀丽"

珍藏在人生档案里，
雅鲁藏布江畔的花瓣：
红红，粉粉，
紫紫，蓝蓝……
我舍不得采撷的春天。

飘落在纤纤的心弦上，
秋风中干透的花瓣：
轻轻，怯怯，
苦苦，甜甜……
这为我冬眠的春天。

请柔和地为我保管，
雪山关照过的花瓣：
求求，索索，
近近，远远……
这青春史册的悲壮内涵。

请微笑着悉心呵护，
古老沃土的鲜花纷繁。
朴实新颖，
高雅清淡——

最灿烂的浓缩，

最温馨的积淀……

（1996年10月20日于北京飞青岛056航班上，忆前两次西藏之行。新加的副标题引自本书前言。）

2009年3月14日于北京至纽约飞机上，16日于纽约至美国国歌诞生地巴尔的摩火车上。

为人际友善和社会和谐吟唱
——序《传歌人王洛宾》

用时下的话说，我是王洛宾先生（按我母校北京大学的"方言"，"先生"在这里的意思是"老师"）的"粉丝"，从1956年在山东胶南上高中第一次听到他的《跑马溜溜的山上》起。

他的歌曲源自普通百姓的生活，又升华为各族人民对真、善、美的追求，高雅，真切，令多种群体久唱不衰。

他为人实在，在旧社会和"文革"期间受过委屈，但忠于人民、敬重华夏文明的初衷坚定不移。他到哪里，就把哪里当故乡，不论是北京、青海，还是新疆。他对宝岛台湾的音乐生活也真诚关心。对外国，他不嫌贫爱富，凡优美的旋律都虚心借鉴。他对同行宽厚，对个别闲言从不计较。有的歌手把《在那遥远的地方》中"我愿流浪在草原"唱成"我愿抛弃财产"。他说，我当时没什么财产可抛弃，写不出这样的词，但又表示，现在的人愿这样唱，就这样唱吧。

1984年，在意大利一次国宴上，我碰巧与歌唱家帕瓦罗蒂邻座。我当时不认识他，很是尴尬了几分钟。我们就欧洲文艺复兴先驱但丁等愉快交谈后，我特意为他介绍王洛宾的艺术造诣，他立即兴奋起来，说他本应知道这位中国西部歌王。我们成了朋友。这是洛宾先生第一次为我个人的工作帮了忙。2001年，帕瓦罗蒂为支持北京申办奥运在故宫与中国的王霞、幺红、马梅等联袂演唱，我又记起此事。

1994年6月，我作为中国常驻联合国代表邀请正在美国讲学的洛宾先生到联合国哈马舍尔德礼堂出席他的作品演唱会。他欣然接受，并以81岁的高龄，为义务演唱的纽约华侨、华人和留学生即兴伴舞，一会儿扮"达坂城的姑娘"，一会儿扮掀新娘盖头的新疆青年，受到联合国文化活动史上前所未有的热烈欢迎。我对现场来自一百多个国家的观众说："联合国这个世界上最大的政府间国际组织每日听到的大多是战争和灾情的消息，王洛宾却为我们带来了歌声。刚才王先生告诉我，他为自己是中国人而骄傲。那么，所有喜欢中国民歌的人，也会为中国有个王洛宾而骄傲。"我在异国他乡从来没有那么高兴过。音乐会后，联合国教科文组织秘书长向洛宾颁发了"东西方文化交流特殊贡献奖"。他成为获此奖项的第一位中国公民。这次演出是他对祖国多边外交又一次无法替代的支持。

王洛宾的贡献超出了音乐范畴。他的歌有利于人们的身心健康、民族团结和社会和谐，甚至有利于经济发展。在英国斯特拉特福市参观和在奥地利萨尔茨堡参加国际会议时，我想到，这两个小城市旅游业出奇发达还不是因为分别出了戏剧家莎士比亚和作曲家莫扎特？我国青海、新疆旅游业知名度那么高，洛宾先生恐怕也功不可没。这是题外话。题内的一部分话是我1998年12月16日（中美建交公报签署二十周年纪念日）在华盛顿为《王洛宾影集》写的前言：

歌声并不遥远——
发自美丽的心房；
衣裳未镶金边——
羞却了半个月亮。

浸透草根的亲切，
酿出奶汁的芬芳。
沐浴过大西北旭日，
挥洒到联合国殿堂……

马克思说，音乐是人类的第二语言；雨果说，音乐是思维着的声音；冼星海说，音乐是陶冶性情的熔炉。在我心中，音乐还是不需要护照、签证和特别授权的友好使节。中国好人多，好音乐多，洛宾先生的人品和作品便是范例。我的山东沂蒙老乡言行一和西北大草原好友王海成合作三载写成的这本书，一定会给读者带来愉悦和启迪。

2009年8月于葫芦岛芦雅湾—营口跋鱼圈—沂蒙红军小学路上

从摇篮到摇篮
——为《外交学会六十年》纪念画册写的几句话

我不敢轻意看这本画册,一看就激动,就想啰嗦。

我一个乡下孩子,高中毕业前,从没梦到过外交学会,参加工作前从没想到过外交学会。命运却让外交学会成了我外交生涯的第一个摇篮。

1967年读完研究生,我被分配到外交部国际司,但我爱人秦小梅(现外交学会邻居中国联合国协会常务理事、全国妇联扶贫模范)三年前就到了国际司。我便在第一时间请示组织,夫妻俩同到一个司好不好?结果干部司把原本分配到学会的我的好友陈健与我调了个儿。他去了国际司,一直干到司长、联合国副秘书长和中国联合国协会会长。

我来到外交学会,就爱上了她。由于特殊的历史背景,我的许多个"第一次"也是"唯一一次"是在这里得到的:给毛泽东主席、郭沫若副委员长、刘胡兰的爸爸妈妈、陈永贵副总理和大寨铁姑娘队郭凤莲队长等做翻译;陪非洲自由战士到延安、井冈山、太行山和南京军事学院学习,拜谒八路军重庆办事处和山西平乡指挥部。我还有幸多次目睹周总理平等热情地接待世界各地来宾,为祖国广交朋友；外事活动时那么亲近百姓和注重节俭。外交学会对人民的忠诚、组织纪律性和学术水准以及王荫圃、席潮海、千昌奎、张景贤、段津、王廉、徐海珠等许多同事的严谨工作作风都是我生动的教材。我幸运，在"文革"混乱中，竟然有这一让我如饥似渴学习的"香格里拉"，直到大半年后我到山西、河北、广东、江西等地农村劳动锻炼……

更想不到的是，2007年我离开外长职务后，组织上让我任第三任外交学会名誉会长。我哪里够格？！首任名誉会长周恩来参与创建新中国的时候，我还没出生。第二任名誉会长陈毅是名垂史册的首长，是我崇拜的革命诗人。他写的"火星有人类？月球有人类？地球有人类，地球最可贵！"最早给了我以人为本、外交为民的启迪。我推辞未遂，又回到了我四十年前的"摇篮"。杨文昌会长说："我们老李这是叶落归根啊！"这话打动了我，我顾不上羞怯，当众任情地流下了幸福的泪水。

落叶已很难为宇宙吸纳二氧化碳和喷吐氧气，但深入地下也许还可为花草树木提供营养。我感谢外交学会，珍惜能为她继续尽绵薄之力的机会。

在摇篮里成长是幸福的。为祖国交朋友、为人类进步事业提供服务是幸福的。辛苦跋涉六十年的外交学会任重道远。在她膝下，不管二十来岁还是七十来岁，都得好好学习，天天向上。

让我们继续并肩前行。

2009年9月18日于百色至成都路上

世事纷繁寸心知
——序马建国《透视不列颠》

我崇尚山东老老乡孔子教导的"三人行必有我师",但又不太理解:二人行不也有我师吗?这不,我和马建国同志并不熟悉,可一读完这本书就觉得他是一位可以帮我更多了解英国乃至更多了解所有国家沧桑演变规律的、年轻有为的老师。

谁不知英国人民为人类的进步和快乐所作的巨大贡献?瓦特和牛顿的发明与发现、莎士比亚和狄更斯的艺术创作、格林威治时间和国际日期变更线的确立,以及现代羽毛球、乒乓球、足球、网球、高尔夫等规则的制定,这个国家为马克思提供过写作《资本论》的场地,为戴高乐指挥反法西斯战斗设立过指挥所……

谁不知道英国殖民者的霸道?它把对华贸易逆差问题政治化,发动臭名昭著的鸦片战争,强占我香港达一个半世纪。它极盛时,殖民地总面积相当于其本土的111倍,名副其实"日不落"。它在中东巴以、南亚印巴、非洲若干国家、亚洲中印之间以及阿富汗、阿根廷等国"潜伏"下种种怪招儿和难题,直到今天。这"保证"了一些别有用心外交官的"就业"和飞黄腾达,而让主持公道的外交官一茬茬受挫和痛心,让一代代普通民众受苦和困惑。

建国在书中把这类问题写得更细、更全、更深了。

多年来，他像一只勤奋而又聪明的蜜蜂四处飞舞，既跟踪英国时下新闻，又吸纳历史沉淀，再分门别类地如实展示——笔端恢恢，疏而不漏，生动质朴。

更值得一提的是，他挑战"世事纷繁、法无定法"的禅语，不顺从"天下事了犹未了，何妨以不了了之"的世故，有志登高望远，意在古为今用，对大事小事、正事闲事均独立思考，冷静分析。他的感悟对各行各业的读者都可能有所启迪。

从政的人不妨看看他对大英帝国衰败过程的陈述。为了称霸世界，英国在近四百年里发动过230多场战争，打过数不清的胜仗，产生过惠灵顿等诸多名将和库克等著名航海家。但毕竟民心分量最重。由于背离全世界人民的共同愿望，英殖民主义终于在用兵最多的1898年至1902年布尔战争中遭到惨败，开始逐步走向衰落。中国古代军事学家孙子曾说军队应"不动如山"。历史地看，真正不动如山的只有人民。

从事经济活动，包括目前正全力应对金融危机的人士不妨读一下本书对英国经济历史和现实的描述。1694年英国出现了首家私人银行——英格兰银行，到1776年亚当·斯密的《国富论》问世时，人类史上银行发行的纸币量第一次超过流通中的金属货币总量。英国可谓是资深金融大国。但随着时代变迁和其他国家的发展，英国金融业多次"患病"，以至于2008年9月两位英国大主教被迫无奈"代表上帝"就金融问题发表"义正辞严"的声明。据英国媒体透露，坎特伯雷教堂的主教不久前大声疾呼："必须面对现实，马克思对资本主义的评价至少'部分是正确的'。"真是出人意料。

喜欢观察国际形势的人可以从书中找到不少有意思的事。比如，西方政客常拿西藏问题说事，干涉中国内政，就很可笑。西藏自古就是中国的一部分，倒是英殖民主义者曾两度野蛮入侵中国的这片神圣国土。前英国印度殖民地测量局局长埃弗里斯特还曾厚颜地用自己的名字命名"他发现的"、实际早在中国乾隆年间（是时埃先生的爷爷尚未诞生）就名正言顺了的珠穆朗玛峰（"珠穆朗玛"在藏语里意思是"圣母之地"）……

年轻朋友可以在书中看到英国大中小学的昨天和今天，加深对"勤恳使人进步、骄奢使人落后"等常识的认同。

我在书中还读到关于我作为外长拜访苏丹总统巴希尔的报道。那是2004年1月5日的事。我参照周恩来总理多年前的话，对苏丹总统说："中国人民欠着苏丹人民一个人情。"这个"人情"是指苏丹农民起义军在1895年1月26日审判并处决了曾参与残暴镇压太平天国运动的英殖民主义军官戈登。

本书似乎是包罗英国万象的万花筒，多少史实和花絮的来龙去脉都罗列得齐齐刷刷，解读得有板有眼……

英国事、天下事，何等纷繁！建国心怀以人为本、秉公处世的理念，不畏艰辛，不嫌麻烦，全方位观察，真实笔录，细心剖析，实属难能可贵。

2009年10月20日子夜于富士山下

和平科学和谐发展
——我读上海世博会

现在一些外国人说中国"崛起"了，说上海即将举办的世界博览会就是一个例证，它可以真实地记录中国在世界上的地位。

有关中国的国际地位，我没用过"崛起"一词。根据我上中学时语文老师的解释，"崛起"这个词似乎含有点突然性和排他性的味道。而中国实力的明显增长是靠那么多老百姓和知识分子在中央领导下团结奋斗，用一点一滴的辛勤汗水和心血逐步积累起来的，是一个和平发展的过程，属水到渠成，对别国有利无害，有帮助无威胁。

要了解中国在世界上究竟处于什么样的地位，既要了解国际形势，也要了解别人怎么看我们，然后自己客观把握，不管外国多么"赞扬"或者相反。

上海世博会就是一个很好地认识自己和别人的良机。每次世博会都会展示时代科技、文化、文明新成果。套用古人的话，"以世博会为鉴"。本届世博会的主题是"城市，让生活更美好"。以邻国日本和印度为例，可以更深入地认识我们综合国力的上升以及存在的差距。

2009年10月，日本经济出现了13个月来第一次正增长。鸠山由纪夫首相在会见我友联会代表团时冷静地表示"增幅太小，也还很不稳定"。他的话带着忧患意识。实事求是地看，日本国土是中国的1/26，人口不到我们的1/10，据国际货币基金组织研究机构2008年的估算，日本的GDP是4.8万亿美元，中国则是4.6万亿美元，按人均算差距仍较大。

特别值得一提的是，当前我们提倡科学发展，美国总统奥巴马提出发展绿色经济，日本在这方面甚至走在美国前面，值得借鉴。据报道，日本设计制造的汽车，平均每公升油能比美国等国设计的汽车多跑20%的路；日本炼一吨钢用的淡水大约是美国的1/3。另外，日本2008年被世界卫生组织评为世界最长寿的国家，人均期望寿命超过82.5岁，妇女达到85岁多。目前，我国人均期望寿命73岁，同日本相比还有差距，尽管同1949年相比增加了一倍还多。

世博会提倡科技、绿色。在国内，上海在节能减排方面是相当先进的。比如，上海市要求2010年的新建大楼设计必须比2005年节能50%、减排50%，否则不能开工；又如，上海世博会强调绿色和低碳。据悉，园区内的交通做到了碳零排放，太阳能光伏发电总装机容量达4.5兆瓦，是亚洲最大的光伏建筑并网发电系统，长达一千米的世博轴是低碳、环保走廊。各国在低碳环保方面也给出了很优秀的答卷，上海和全国可以从中直接获益。

再来看看被舆论称为"金砖四国"之一的印度。对于印度的发展，我们应该认真观察。它是发展中国家，但潜力很大。印度教育发展水平较高，在发展中国家中较早做到了大学生毛入学率17%。另外，它提倡科学技术发明创造，有较完整的知识产权保护法律体系。听说这次世博会将展示250多项新科技、新能源探索的成果，是否也遇到知识产权保护问题呢？我们和印度可以相互借鉴、相互学习。

很多人希望我们的外交可以"强势"一点，但真正的"强"应该摆事实，讲道理，讲究平等，千万不要情绪化地看待"强"。每个从事外交活动的人，都像祖国的一张名片。根据以人为本的理念，我们看世界，更要多看外国，尤其看发展中国家、非洲国家的优点。上海世博会有一亿美元专项基金资助发展中国家参展，惠及120个发展中国家，就是"强"；2008年我们的抗震救灾，提高了党、政府和军队的威信，这是中国外交在国内问题上得到的巨大支持，这就是真正的"强"；通过申办和举办上海世博会，"中国看世界、世界看中国"，扩大中国的影响力，广泛结交平等互利共赢的合作伙伴，这也是真"强"的表现。总之，我们说自己是发展中国家是真实的、诚恳的。

国家的实力和每个公民的日常劳动与发明创造分不开。不管哪行哪业，在祖国面前我们都是孩子，在知识面前都是学生。我们要坚定地走和平、科学、和谐发展的路。希望上海世博会成为我国发展的新起点。

像首次成功举办奥运会一样，中国人民举办世博会的梦想也即将成真。记得从开始申办上海世博会那一年起，我就自命为上海世博会的"志愿宣传者"，见了外国朋友几乎没有不争分夺秒讲一讲的。这次我借来上海调研的机会去世博工地参观，见那么多专家和工人冒着寒风辛勤劳动，心里真感激和敬佩他们；见工程进展顺利，心里真为上海、为祖国、为发展中国家、为全世界的和平与发展事业高兴。不管从哪个意义上讲，上海世博会都将是成功的。

2009年12月于上海至杭州路上

推动亚洲和谐发展奉献青春
——2009年末岁尾为博鳌青年论坛首次在香港举行讲的话

1995年12月香港还未回归,我曾在九龙半岛赞叹香港是"一个旧了的深圳,一个新了的浦西。相似不相同,都是好城市"。

1998年庆祝香港回归一周年时,我在美国工作,偶尔看到一幅法国名画,题目叫《D'ou venons nous, Qui sommes nous, Ou allons nous》(《我们从哪里来,我们是谁,我们向哪里去》)。我也思念起香港,自己在日记里写道:"浅水湾无声有意,大屿山雷鸣多情。香港亲人生机勃发,世界注目灿烂紫荆。"

这次来香港出席2009博鳌青年论坛,有机会学习香港青年精英会"互助兼互、共学且共进"的精神,我非常兴奋。我已不再年轻,但英国人莎士比亚说,老年是人的第二个婴儿期。让我在进化成婴儿之前,至少再做一天青年吧。能同青年朋友们一起交流,我感到很幸福。

世界政治经济格局正在发生深刻演变,地区热点问题起伏不定,气候变化、能源安全、贫困加剧等全球性问题日益突出。亚洲形势总体稳定,同时酝酿着历史性变化。

日本、印度、韩国、东盟和中国均保持较好发展态势。长期以来,日本是亚洲第一大经济体、世界第二大经济体,目前正逐步摆脱金融危机的冲击。中国、印度等兴起势头强劲。中国已是世界第三大经济体、第三大贸易国、第一大外汇储备国。印度过去十二年国内生产总值年均增速超过6%，成为亚洲的一大亮点。韩国经济总量接近1万亿美元。东盟十国经济总量超过1万亿美元。中、日、印、韩、印尼经济总量占二十国集团经济总量近30%，在全球经济格局中发挥重要作用。

在国际金融危机面前，亚洲各国与世界各国同舟共济。尽管复苏之路曲折，还需要一段时间，但亚洲人民勤劳、资源丰富、市场广阔、潜力巨大，我们有理由对亚洲经济的稳定增长保持信心。

亚洲国家普遍以发展经济为首要任务，致力于维护本地区和平、发展、合作的大局，金融危机爆发以来互动更加频繁，对话与合作成为主导趋势。气候变化、恐怖主义猖獗等问题突出了亚洲各国合作的必要性、紧迫性和诸多积极因素。

经济全球化和区域一体化使亚洲国家相互借重加深，共同利益增多。东盟一体化、"10+1"、"10+3"、东亚峰会、大湄公河次区域合作、东盟地区论坛等多边机制齐头并进。南亚区域合作进步快。事实证明，亚洲国家能够超越文化、经济发展水平及价值观、社会制度的差异，在包容性、开放性地区合作上迈出重要步伐。

亚洲依然面临挑战。世界经济前景还存在不确定性，外部环境尚未根本好转，经济复苏尚不稳定。为摆脱对外部市场的严重依赖，许多亚洲国家正调整经济结构，这很不容易。贫富差距拉大、生态恶化、自然灾害频发、传染疾病蔓延等，也对亚洲的和平与发展构成威胁。

亚洲的变化要求我们对实现亚洲政治上和谐相处、经济上平等互利、安全上互相协作、文化上彼此借鉴继续探索，共同努力。

中国与邻为善、以邻为伴，秉持国家不分大小、贫富一律平等的原则，尊重各国人民选择发展道路的自主权，坚持互利共赢的开放战略，以自己的发展促进亚洲发展。我们致力于和平解决国际争端，推动地区安全合作。我们与亚洲国家政治互信显著增强，对话交流机制日趋成熟。这对大家都好。

比如，在双方共同努力下，中国与东南亚国家的关系在稳步前进。

中国和东南亚国家在反对殖民主义、争取民族解放和国家独立的斗争中，相互同情，相互支持。20世纪90年代以来，中国先后同东南亚国家实现关系正常化，已同所有东南亚国家建立了伙伴关系。中国与东南亚国家联盟1991年开始对话合作进程，2003年建立面向和平与繁荣的战略伙伴关系，开展务实合作。中国作为东盟对话伙伴国第一个加入《东南亚友好合作条约》，积极支持东盟在东亚合作中发挥主导作用。

1991年，中国与东南亚国家贸易总额不足80亿美元，而目前已达2300多亿美元。双边贸易推动了中国与东南亚国家各自的经济发展，提高了双方人民的生活水平。东南亚国家是中国重要的外资来源地之一，也是中国企业走出去的重要开拓方向，双方相互投资累计已超过600亿美元。

中国同东南亚国家通过防务政策磋商、军队互访等，努力增进安全互信。通过平等协商，中国同缅甸、老挝和越南顺利解决了陆地边界问题。中国同东盟十国签署了《南海各方行为宣言》，这是关于南海问题的首份政治文件。中国参与东盟地区论坛建设，倡议和承办了近20个合作项目。在应对印度洋海啸、非典型肺炎、禽流感、甲型H1N1流感以及恐怖主义、跨国犯罪等安全威胁方面，中国和东南亚国家真诚相助。

中国与东南亚国家在文化方面努力培育共同的亚洲认同感。东南亚国家均已成为中国公民出国旅游目的地国。中国在东南亚地区建立了35所孔子学院、学堂。印尼、越南、泰国等东南亚国家位居各国来华留学人数榜首。在中国的大学里，学习东南亚国家语言的中国学生也越来越多。

历史和现实都告诉我们，只有坚持和平发展、互利共赢，亚洲才能保持活力，为全人类作出贡献。这需要亚洲政治家的远见卓识和各国政府的政策支持，需要社会各界包括青年的大智大慧和行动。

中国的发展离不开亚洲，亚洲的发展需要中国。中国是亚洲和谐发展的推动者和参与者，将永远做亚洲各国的好邻居、好伙伴、好兄弟、好姐妹。

我现在兼职的中国南开大学校训是，"允公允能，日新月异"。

亚洲还面临种种困难，但困难往往是最好的老师，困难常常会滋生新的智慧和力量。1999年为祝贺中美就世贸组织事宜达成协议，我曾以时任中国首席谈判代表龙永图的母校贵州省贵阳八中为题写过"地无三尺平，便更勤奋耕耘；天无三日晴，便更向往翱翔蓝天。酷爱家乡，才更忠诚祖国；忠诚祖国，才更拥有世界空间"。我在此祝愿青年朋友们爱香港、爱祖国、爱亚洲、爱世界，与各国青年一道，自强不息、达己乐群，加强交流与合作，为我们亚洲人民和青年共同的未来奉献自己的美丽青春。

2010年1月10日删改于宁波—上海—三亚途中

史鉴清明　理念温暖
——喜得全国人大常委李慎明党建新著

在第十一届全国人民代表大会第三次会议主席台上，我左边坐着拥有许多年轻"粉丝"的滑冰名将杨扬，右边坐着社会科学院副院长李慎明。我不由得想起小说家马克·吐温与相对论创始人爱因斯坦（我北大的老师周培源副校长曾是他的学生）相互称赞的故事。吐温说："你爱因斯坦真了不起，世界上没几个人能懂你的理论。"爱因斯坦答："你才了不起，人人都喜欢你的幽默……"

趁着开会的铃声还未响起，我对杨扬说："我大学一年级在未名湖上过滑冰课，课后还花五分钱租一小时冰鞋在北海练过一次；大二时国家经济困难，吃不太饱，体育课停了；现在再学滑冰晚不晚？"杨答："有点晚，但可学打冰壶球，加拿大打冰壶球的有的年过九十。"说完，她送我一副这几天温哥华冬奥会特制的冰上运动员手套。我大受鼓舞。接着，我扭头向李慎明博导请教国际上社会科学的动态。他表达了对党的理想和中国特色社会主义的坚定信念，谈了对当前国际金融危机的看法，意犹未尽，顺手赠我一本《全球化背景下的中国大党建》。

我当晚在人大山东团驻地开始如饥似渴地读慎明同志这部新

作，边读边浮想翩翩，不知黎明将至。

书从苏联的变化和西方也希望和平演变中国写起，强调"办好中国的事情，关键在党"，指出执政党要永远保持与人民群众的血肉联系，认为理论无国界，但好的理论必须立足国情，服务于广大人民群众的利益。

书花了很长的篇幅剖析苏联解体的原因，这正是我近十年来常思索的难题。作者针对现实，摆史实，讲道理，有说服力。看来，原因复杂，不能简单地归咎于某位领导人，要从信仰上、体制上找病根；也不能简单地归罪于外因，毕竟马克思主义哲学中，内因为主的原理是颠扑不破的。我在外交部期间，曾利用工作之便向不下30位外国领导人请教过苏联解体的原因，得到了不少于30种回答，涉及上层腐败、信仰异化、言行不一、法制不健全、民族不平等、经济体制僵化、贫富悬殊、改革太急、与美争霸失利……有的回答具体而微妙，说只因苏联不像中国那样有邓小平。一位多次访问苏联的美国前国务卿还说，苏联聪明的官员不比美国少，但苏共领导人拥有的超豪华轿车和别墅比美国总统多……我觉得，这本书给出的回答涵盖了所有以上内容，并且作了认真梳理。

书中说，对马克思主义的信仰是中国革命和建设的精神动力。信仰不是说教。不管遇到什么艰难险阻，依然自觉自愿、义无反顾地为之奋斗才叫信仰。马克思本人就是榜样。他两次拒绝德国当局的高官引诱，长期忍受贫困生活，三个孩子死于贫病，写《资本论》得到的稿酬勉强够买烟抽……

书中指出，共产党员得讲质量。我一下子想起来，去年参加全国人大与俄罗斯杜马的交流活动时，一位苏共党员心情沉重地私下告诉我："苏共在有约35万名党员的时候夺得政权，有约550万名党员时打败希特勒，有近两千万党员时丧失政权……"好像美国诗人惠特曼也说过，没有信仰就没有真正意义上的生命和国土。

书中强调，理论必须落实到执政党的政治、经济和文化事业中。我想起党校老师二十年前就引用过的经典名句：一个行动胜过一打纲领。

书中强调，我们的理想远大美好，但前面的困难和挑战很多，必须以自己和别人的经验教训为明镜，与时俱进地加强党的建设。领导干部和普通党员都要坚定信念，拒绝各种内外诱惑，防止腐败，真为老百姓做好事实事。有群众支持就能战无不胜。

书中还用列宁的话劝大家，"一定要给自己提出这样的任务：第一是学习；第二是学习；第三还是学习"。记得六十年前我刚上小学时，教语文和算术的刘凤楼老师、张敦兰老师不约而同地讲过这句话。真惭愧，入了党，当了干部，却较少重温这话了。其实，责任越大，越需要学习。实际工作的规律是，老师好好学习，孩子天天向上；领导好好学习，群众奋发有为。我高兴，读这本书可以让自己变得年轻好学一点。

这次人大会议开了九天半。我夜夜翻这本书，但读得慢，想得多。我还打电话向我在南开大学带的博士生推荐了这本书，他是党员，四川乡下人，学风较朴实。读这种专著，不像看电视连续剧那么轻松，但的确是一种"被解惑释疑"的享受。我会再读好多遍我在书中划了"道道杠杠"的段落，同时盼着将来能有一种二三百页的简写本，现在这部书共491页，而且对老年读者来讲字体较小。

我还想再读《资本论》。两会前在欧洲听说，自前年国际金融危机爆发以来，英法德等国读马克思的人又多了一些，英文版《资本论》又重印了不少。一位英国主教公开说，《资本论》的部分内容在今天看来也是正确的。我会重读《资本论》的简译本，我和赵启正等同学二十年前在党校读的就是中文缩写本。

2010年3月5日至14日于北京西城区职工之家

"城市，让生活更美好"
——序武眉凌的《中国城市散文集》

"城市，让生活更美好"是将于今年5月1日国际劳动节开幕的上海世界博览会的主题。《今日中国》杂志记者武眉凌近年来的一篇篇散文已经开始描绘中国城市的蓬勃生机。

可能因为是河北衡水乡下人，眉凌对城里的事观察得格外周全细腻。这让我联想到钱锺书先生发现的"围城"逻辑：城里人更欣赏乡下景色，乡下人更向往城里的生活……

眉凌写作节奏快，短短几年就跑了和写了那么多中国城市，其中大多数我从未到过。从她的文章看，这些城市各不相同，又都在与时俱进，令人不能不想去看看，甚至看了便不想离去。

作者是在改革开放的年代长大的，但历史学得好，善于旁征博引，以历史典故来衬托今日的城镇，增加了文章引人入胜和发人深省的魅力。你看，她写今日江苏南通交通方便时，先写南通的地理位置在古代就相当于"吴头、楚尾、越咽喉"，清代最爱旅游的皇帝乾隆还曾题了"南通州，北通州，南北通州通南北"的上联，让部下对下联。她写南通狼山的池塘，顺手引出唐代诗人骆宾王七岁时的名句："鹅鹅鹅，曲项向天歌，白毛浮绿水，红掌拨清波。"

她好像并不经常出国，知识面却覆盖全球，常借外国名著的话来呼应和加强自己对中国城市的描述。这也是外为中用吧——"外来和尚会念经"……她写徐州,不仅提到了徐州人氏汉高祖刘邦及其"大风起兮云飞扬,威加海内兮归故乡",而且借用了英国史学家汤因比(1889—1975)的话:"人类史上最有远见、对后世影响最大的两个政治人物,一位是开创罗马的恺撒大帝,另一位便是建立大汉文明的汉高祖刘邦。"读者可以不同意或不完全同意这一观点,但对徐州的印象肯定是加深了。

她读过师范,教过小学,会讲故事,能讲得趣味盎然,让人不嫌烦,就像让学生不嫌老师拖堂一样。这本书中有她老师生涯的轨迹。她写云南孔雀之乡德宏的美丽与和谐,简简单单地说:在这里不怕迷路,闻着热带水果的香味往前走就是了,只要不被熟透的菠萝蜜砸着就行。我想起上初中时,地理老师苏廷贤讲澳大利亚袋鼠众多时说,太多了,要抱住一只袋鼠,你得先让几十只袋鼠走开……

书中有几篇文章是同她的女儿、学生兼朋友合写的,难能可贵。

谢谢这本可以给读者,特别是给青少年读者带来愉悦与启迪的散文集。我还期待着作者将来能多写写中国农村的广阔天地。

2010年3月21日于庐山—九江—鹰潭路上

字里行间都是泪
——赵秀芳对王成家的缅怀感人肺腑

书不在厚,更不在装帧华丽——这种书有的是;唯有情有义,才能感人。赵秀芳女士这本薄薄的、素雅的关于她永恒伴侣王成家(1939—2006)的回忆录——《永恒的思念、不了的情缘》,打开了我记忆的闸门,引发了我感情的奔涌。

我太熟悉、太喜欢成家这位老乡、同学、邻居、战友和大使同行了。

我们真正密切接触是在1968年夏末至1970年初春,在广州部队55军牛田洋农场。作为正在接受考验的预备党员,我俩都成了"五好战士"。我曾任炊事班长,除了参加政治学习,还要在没有自来水、没有煤气、粮票有限的情况下,带领全班随时让全连约150人在1小时之内吃上热饭。成家在连里比我更早被评为先进。他白天参加插秧、除草、灌溉等繁重劳动,晚上则加班创作宣传毛泽东思想的文艺节目。他参与编排的合唱《红彤彤的牛田洋》响彻全军;他独创的山东快书"闲言碎语咱不讲,表一表英雄的牛田洋……"是我连的拳头品牌。1969年"七·二八"台风和海啸事件中,牛田洋数百名战友壮烈牺牲。幸存的成家和我都觉得"活下来是偶然的奢佟"，应主动把烈士留下的重担挑起来。难怪回到外交战线后，成家不知疲倦地为人民服务，斗志旺盛，热情饱满；不管远在大洋彼岸，还是离家百尺之遥都"付出了常人难以想象的艰辛和努力"。对此，秀芳在书中举了不少生动的事例，只怕还是挂一漏万。

外交工作是跨越国界的，外交官对祖国和人民的忠诚却是须臾不可动摇的。

成家爱妻子、敬老人、亲孩子，把这些亲情融为热爱祖国的有机组成部分。我们俩老乡在一起常悄悄嘀咕：找对象也得找忠于祖国、反对"台独"的，一个连国家都不爱的人能真爱你吗？反过来，一个特别爱国的人会对家庭没有责任心吗？

在涉及国家主权、领土完整、安全与尊严的问题上，成家一贯大义凛然，一丝不苟。对他牵头进行的外交交涉，领导总是比较放心、放手。1989年6月7日我和现任世界知识出版社社长高树茂等陪钱其琛外长结束对南美洲的访问，途径墨西哥城时，成家是驻墨使馆政务参赞、石春来大使的首席助手。天安门事件刚过去三天，西方反华势力正在谩骂中国。我们来到使馆还未坐定，就听到大门外响起反华、反钱和要闯进使馆的叫嚣。怎么办？我作为代表团秘书长提议由大使指定一位勇敢、健壮的男外交官陪我到外面看看再说。石大使还未开口，成家就顺手拿起一根木棒，拉着我跑向大门。后来，其琛同志带领我们通过摆事实、讲道理，让那帮叫喊者乖乖地走了。

成家为人豪放、坦荡、诚信，为祖国的和平发展交了许多好朋友。他同古巴最高领导人卡斯特罗的友情，堪称中古关系史上的佳话。有一次访古，我有幸在大使官邸与卡斯特罗见面，我惊喜地看到卡一见成家就紧紧搂住他的脖子,像见了亲兄弟。还有一次,我陪胡锦涛主席访古。在古军乐团演奏中国国歌时,坐在轮椅上的卡斯特罗艰难地挺直身板,表示对中国国旗和国歌的敬意。他额头上累出了汗珠儿,在场的人,包括成家和我,则已热泪盈眶。

我任外长时,常对新提拔的大使们说,在为国交友方面,像王大使那样就可以了。

对自己的领导和同事,成家以善良、敦厚著称。他的小学弟、李金章副外长日前同我谈到成家任一等秘书时陪时任全国人大常委会副委员长班禅额尔德尼·确吉坚赞出访期间的一件事。成家是代表团的秘书、管家、翻译。忙碌中,皮箱中代表团的一笔现款被偷。成家千方百计用自己当时少得可怜的一点美元给赔上。不知消息怎么传到了班禅副委员长那里,他很感动,坚持拿出身上的几百美元,与成家同志一起赔。回国后,班禅又打电话给外交部领导表扬成家。成家成了我同事中唯一受过活佛表扬的。秀芳书中没写到这事,可能是成家从未告诉她。

成家到了退休年龄时,组织上准备让他出任世界知识出版社社长。这是个很难的差事:要政治上强,懂新闻出版,会经营,有点文采,还要经得起苦累和委屈,没有文人相轻的毛病。我在外交部工作共四十三年,听说过个别人毛遂自荐要当这官那官,但从未听说有想当世知社社长的。部党委让我利用出差之便就此项议论中的安排征求成家的意见。记得我们是在哈瓦纳一个广场上谈的,秀芳也在场。秀芳着急地插话,求丈夫:"你体力早已透支,千万别干了。"求我,"感谢领导信任,但还是提拔年轻力壮的同志吧。"成家不动声色地打断妻子:"你别说了,肇星这次谈话不是作为老乡和同学，是代表部党委的。我的意见很简单，我服从组织服从惯了，过了六十岁也不会例外……"

就这样，他干完了大使干起社长，干得很投入、很出色。正如秀芳所说，"一个农民的儿子，没有任何背景，通过自己的努力"成了资深外交家，晚年又成了成功的人民出版家。

我为有这样的战友感到骄傲。但当读到世知社年轻编辑马孟玲说"成家的病可能是在工作中，特别是在世知社累出来了的"，我又满心酸楚，泪洒稿纸，写不下去了……

安息吧，成家。你走时，我正飞往国外；读这本书时，我正飞往外地。不管在哪里，我都相信，有不少比我们年轻的人会学习你……

2010年3月28日至30日，北京医院祝有容大使（也是一位很好的干部司长）追悼会后，于首都机场至海口机场途中。

心系山乡　兼济天下
——序崔秀芝《妙手回春的背后》

20世纪90年代，我任中国常驻联合国代表和驻美国大使的六年里，不时听说有位仡佬族中医在美国的东海岸和西海岸掀起一阵阵"经穴按摩"的热浪。一直到2001年回国，我才有缘零距离接触这位"传说"中的小个子大专家王传贵；到2010年读到中国智慧工程研究会会长崔秀芝为王写的传记《妙手回春的背后》，才对他有了较全面的了解，平添了更多的敬意。

传贵教授七十五年前出生于贵州偏远山区一个贫苦农家。"穷人的孩子早当家"，他五岁便白天放牛，晚上向不识字但懂些中医的母亲学习按摩，立志早日帮爸妈弟妹和全村乡亲脱贫。

"好人有好报"。1950年9月，家乡解放了，刚满16岁的初中生传贵便徒步赶到革命圣地遵义参加了解放军，17岁上又加入了中国人民志愿军，雄赳赳地跨过鸭绿江，在野战医院当卫生员，为保家卫国和朝鲜人民的解放事业奉献青春，锤炼了自己爱国主义和国际主义的赤胆忠心。

1953年底，在朝鲜战场上多次与死神擦肩而过的传贵，回国后倍加努力学习中国传统医学，同时吸纳和借鉴西医的优秀成分，很快成为首都和全军的中医名家，活跃在高级首长和普通群众身边。不知多少被从死亡线上拉回和重享健康的人都终生感念他。

实际经验丰厚的传贵注意不断提高医学理论造诣。他出版了好几部专著，拥有许多海内外读者和学生。但他从未脱离临床，如今七十多岁了，仍精神饱满，平均每天至少为三四个病人做妙手回春的"王氏按摩"，按摩时还有针对性地对病人进行心理辅导，或殷殷鼓励规劝，或释疑解惑。

盛名远扬国外的传贵不忘祖国。他曾在十几个国家治病救人、热情传授中医知识，但数以十万计美元的年薪也留不下他。他愿意永远做中国公民、中国军人、中共党员、仡佬族农民的儿子。

在首都功成名就、家庭幸福的传贵不忘故里。他省吃俭用，倾力赞助家乡办希望小学，热心捐助家乡的扶贫工程，帮助多位少数民族贫困大学生交学费……对他来说，为乡亲排忧解难便是无尽的幸福源泉。

传贵教授为祖国、为家乡、为军队、为病人悉心服务的精神和实绩令人钦佩，秀芝教授辛苦多年写的这本书值得一读。

2010年4月3日于博鳌—海口—顺义路上

人品诗品双高洁
——《陈毅诗选》联合国六种工作语言版序

我幸运,应陈毅元帅长子昊苏会长和小女丛军大使之约,能为这部中英、中法、中阿、中俄、中西文《陈毅诗选》作序。我人生的最大憾事之一是,尽管1964年就进入外交部,却从未有机会同敬仰多年的陈毅部长说过话。这次有了。我想用这种难得的方式向这位我自认为与之心犀相通的首长汇报一下有关体会。

我幸福,两年前意想不到地出任中国翻译协会会长。我上任后的"一把火"就是发动优秀的年轻翻译家们把陈毅的一部分诗译成除中文外的联合国其他五种工作语言——阿拉伯文、俄文、西班牙文、英文、法文,结集出版。这一步现在终于迈出了。

我极想参与这项没有前例的文学工程,原因之一是,1993年我在常驻联合国代表任上含泪读过一段难忘的故事。1970年肿瘤医院院长吴桓兴奉周恩来总理之命为陈毅副总理兼外长治病时说:"陈老总,您放心,我一定能治好您的病。我等着您以中国外交部长身份出席联大会议,像在上海那样,代表中国人民向世界作大报告的日子!"天底下没有完全的公道——这一天没有到来,而我和他的其他几个部下(包括他未曾见过的女婿光亚)却沿着前辈搭建的台阶登上过联合国讲台。

我还永远记得，联合国这个世界上最重要的政府间国际组织是建立在第二次世界大战殃成的约六千万人的遗体上和进步人类反法西斯战争伟大胜利的基础上，而陈毅元帅为反对外来入侵、追求民族解放作出过辉煌贡献。他的战友之一，原国家副主席董必武1945年6月26日于旧金山在《联合国宪章》草案上签过字，当年10月24日宪章生效，联合国诞生。

陈毅是我崇拜六十多年的偶像。他1919年第一次通读《共产党宣言》时，我还要等二十多年才出生。他作为新四军军长兼山东军区司令员率部解放我家乡时，我是个尚不知害羞的小毛孩儿，只记得吃的第一块白面馒头是他的部下某炊事班战士给的。1955年，他出席第一次亚非会议活跃于国际舞台时，我是个幻想着能开汽车、开飞机、当记者的初中生，做梦也没想到过几十年后两次接替他一小部分职务：外长、中国人民外交学会名誉会长。好在命运自有公道的一面——陈老总的诗我倒是一上高中就碰巧读到，而且一见钟情，不断从中深受激励。

诗如人。读诗如读人，读古今，读未来。陈毅作为革命家的浩然正气和作为诗人的典雅质朴是有机统一的。

他的诗洋溢着对祖国和人民的无限忠诚以及伟岸的历史使命感。1921年10月，陈毅因参与领导在法国勤工俭学的中国青年求生存、求学习的斗争，被中法两国反对派押送回国。当轮船驶过祖国第三大岛崇明、即将通过吴淞口时，诗道出了他的心声：

船儿向前移动，大陆张开了心胸！
母国这样的容纳，我们辱国的子孙又怎好上岸！

如此崇高的自觉与自责是出于报国无门的焦虑和赤子丹心。他四年后参加北京西山孙中山逝世纪念活动，内心的悼词和誓言是：

亡灵啊，你亡了，你不能由死回生。
我只愿青年头上，寄托着你的精魂！
你长休吧，我们起行！

真正是大义凛然，誓将先贤的遗愿承继和弘扬。

再过五年，作为工农红军的骁将，陈毅在井冈山根据地的诗展现了为人民奋战的轩昂气宇：

带梦催上马，睡意斗寒风。
军号声凄厉，春月似张弓……

生死关头更见壮怀激烈。1936年严冬，陈毅和战友们在梅山被困。他做了为党为民牺牲的准备，写诗藏在衣服贴身处：

断头今日意如何？创业艰难百战多。
此去泉台招旧部，旌旗十万斩阎罗……

对祖国解放事业的忠诚不仅让革命将领视死如归，而且视死如另一场战役的开始。如此境界实属前无古人，鲜有来者。

陈毅元帅在群众中口碑好的实质，是他不管职务多高都笃信人民是推动历史前进的动力。在沂蒙根据地他说，到死也不能忘记群众的支持。他的诗字里行间全是对人民的爱戴。1936年的《赣南游击词》写道："靠人民，支援永不忘。他是重生亲父母，我是斗争好儿郎。"在中华民族最为危急的1937年8月他强调："抗日是中心，民主能自救。"

我们党执政后的1952年，他去莫干山风景区探望病友，最关注的也是人民："莫干好，好在山河改。林泉从此属人民，清风明月不用买"。

1961年的《长城词》专门歌颂"革命真有千般巧，各族人民团结了，瀚海戈壁将变宝"。1966年初，他在《广州花市》看到的是"旖旎春如锦，看花人更红"。

诗情的根基是行动。诚如张茜同志1972年对自己革命伴侣那实实在在的评价，"服务为人民，直到病危时"。他的子女们说：父亲对个人权位看得淡，而把百姓和朋友看得重。战友们说，陈老总为人善良厚道，总是多看多学其他领导同志和各界、各国合作伙伴们的长处，对自己的亲属则要求很严。这从陈毅的许多诗中都可以得到佐证。他的《祝朱总司令六旬大庆》突出写"高峰泰岱万山从……服务人民三十载……"；《示丹淮，并告昊苏、小鲁、小珊》则殷切要求孩子们"牢牢紧记"："人民培养汝，一切为人民……"

陈毅人民至上的崇高理念，也体现在宽以待人、严于律己的高风亮节。他以满是乡土气息的文字写道："手莫伸，伸手必被捉……第一想到不忘本，来自人民莫作恶！第二想到党培养，无党岂能有所作？第三想到衣食住，若无人民岂能活？……"通俗到极致，感人到至深。

内政的延伸，便是外交。陈毅状写自己外交心路的诗独具外交为民、与人为善的磅礴大气和深入浅出的周详纯朴。《赠缅甸友人》娓娓道来：

　　我住江之头，君住江之尾。
　　彼此情无限，共饮一江水。
　　我吸川上流，君喝川下水。
　　川流永不息，彼此共甘美。

这是我能想象的对中国相互尊重、睦邻友好、平等互利外交实践最为准确亲切、易懂好记的写照。

更有一首无标题的绝句："火星有人类？月球有人类？地球有人类，地球最可贵"，集深沉、高雅、平易于短短二十字！这是我唯一能用两三种语言背诵的一首诗，曾在大约二十个国家讲话时引用，无不引起中外友人强烈共鸣。

我由此想到，陈老总的诗是属于伟大祖国的，也是属于全世界的，把他的诗尽可能译成多种文字有利于为我们的和平发展广交朋友。

老首长最后一次访问非洲归来曾说，他的诗是兴之所至，随手而成，还要斟酌。这可能正是世上所有好诗的共同之处。他诗中"宇宙无限大，万国共一球"的恢宏、"舍己为人不辞劳，艰难困苦豪气吞"的磊落、"个人太渺小，先作好学生"的谦逊，是中华民族和世界人民以及现实和未来的精神财富。

"要知松高洁，待到雪化时"。春意年年都会来临，但积雪总难化尽，正像他最后一首诗所预言的，"历史不走循环路，人民革命日日新"。随着岁月前进的脚步，陈毅元帅的人品和诗品的高洁必将感动越来越多的各国读者，特别是一代代青年。

伟人已去，风范长存；诗卷不老，常读常新；多读多受益，特别是在《联合国宪章》精神尚远未落实，全面建设和平、民主、和谐世界正任重道远的今天……

初稿于2010年"五四"青年节自人民军队诞生地南昌赴上海世博会路上，先后修补于2011年仲夏自陈老总故乡乐至赴重庆全国人大学习研讨会路上和2012年龙年春正月自日内瓦南方中心去特里尔马克思故居途中。

学不完的五堂课
——怀念季羡林老师

7月11日晚,我正和几位年轻朋友在镇江谈论乌鲁木齐"7·5"事件时,突然传来季羡林老师逝世的消息。我当即打电话请北大校友帮助送花圈。我们的话题也立即转为如何在为人处世上向这样的大师学习……一直谈到午夜。

还是睡不着。季先生的音容笑貌不断浮现在眼前。

其实,我在北大那么多年只听过他一次课,参加工作后倒有幸去医院请教过四次。他这五次所讲的,我却永远消化不尽,受益不尽。他每次都给我布置了"课外作业",送我他写的书。这些书我一直在读,有不少章节我目前仍读不懂,还在"策划"找"借口"到这位跨世纪老师的病榻前求教,想不到他却匆匆地去了。

最使我感动的是季先生的拳拳爱国之心。由于二战爆发,他在德国留完学无法回国,在那里一待就是十年。这期间他深深地眷念着祖国、家乡、亲人。战争一完,便心急火燎地赶回故国,如饥似渴地为国家奉献,为年轻一代服务。

季先生有广阔的国际主义胸襟。在德国发动战争的年代,他也交了许多德国朋友,包括他的老师、同学和房东。他认为,邪恶的是法西斯,广大德国老百姓是善良的。

印度文化在季先生笔下熠熠生辉。从国内到国外，他都潜心研究印度文明。他对印度历史、宗教和梵文的造诣令许多印度学者钦佩。我参与讨论重建那烂陀大学（唐僧学习和教授佛经的地方）时，一位印度学者告诉我，没有中国的季羡林，印度的几段历史是很难写出来的。

　　即将离任的印度驻华大使拉奥女士对我夫人和我特别热情友好。她三天前还对我说，她最感谢我的一件事，就是陪同她去医院看望季老，季先生是她心仪已久的印度灿烂文化的伟大知己。

　　季先生真心尊崇中央提出的关于和谐社会的理念。他在90多岁上，还谆谆告诫他的学生们，要与自然和社会和谐相处，夫妻之间也要和谐相处。在一定意义上，充满友谊的婚姻才是高质量的，友情的格调常常高于一纸婚约。

　　季先生虚怀若谷，刻苦好学。他多次诚恳表示，他算不上大师，还要活到老学到老。住院期间，他坚持尽可能每天看会儿书，写千把字的散文。在他身上，没有半点文人相轻的毛病。他背后总是说某某学者值得学习，从不议论别人的短处。

　　季先生毕业于清华大学，致力于把学问传授给北京大学的年轻人。他热爱清华，同时又尊重北大的学风。他曾向在外交部工作的学生们说，他与曾任外长的乔冠华是清华校友，乔的德文比他好得多，很早就能流畅地阅读马克思和康德、黑格尔等人的哲学原著。季先生十分注意向比他年轻六七十岁的学生学习，了解学术方面的最新情况。

　　季先生曾给我许多具体鼓励和指点。我任外交部和人大发言人时，他关于不说假话和真话不能全说的教导真是又经典科学又朴素实用，为我增添了做好工作的信心和空间。的确，一般来说，不说假话是起码应该和能够做到的，而可说的真话真是多得一辈子也说不完。

大约170年前，季先生敬重的恩格斯曾远在欧洲赞扬中国镇江人民在1840年鸦片战争中英勇抗击外来侵略的爱国精神。大约1000年前，季先生的老乡辛弃疾曾在镇江北固山感叹"何处望神州……不尽长江滚滚流"。我此时此地含泪北顾，更深知老师的爱国情怀和治学之道，是我永远学不完的。

7月12日初稿于镇江一泉，13日修改于南京机场。

洒向人间都是甜
——读山东西王村志

我真是个乡下孩子，长大后出乎意外地从事外交工作，但即使是身处异国，照样深深眷恋农民乡亲。艾青有句诗："为什么我的眼里常含泪水？因为我对这土地爱得深沉。"对我来说，对养育我的那片土地，如同远行的孩子时刻惦念着爹娘。

翻阅着案头这卷《西王志》，我心绪难平，中国农村改革的两次高潮又浮现在眼前。

第一次是十一届三中全会后以联产承包责任制为主要内容的改革，实现了马克思提出的生产者与生产资料的直接结合。仅此一举便使我们基本告别了饥饿，而且推动乡镇企业"异军突起"。

第二次是从2002年开始，中央号召工业反哺农业、城市反哺农村，首要目标是取消农业税，"少取多予放活"。2004年，十届全国人大二次会议决定"逐步降低农业税税率，平均每年降低一个百分点以上，五年内取消农业税"。一石激起千层浪。三年后就在全国范围免除了延续了两千六百年的"皇粮国税"。这是亘古未有、造福苍生的大事！那年春节前，新华社在评论中写道："这是给亿万农民送上了一份厚重的新年礼物。"

中央继而提出"建设社会主义新农村"的战略，要求培养一代有文化、懂技术、会经营的新型农民，通过农民的劳动和国家的政策扶持，明显改善农村生产生活条件和整体面貌。

山东滨州邹平县西王村是个仅有160户人家的贫困村庄，经过二十年奋斗基本实现了农业产业化、生活福利化、土地集约化和农村城市化，成为一家集玉米加工、食油、酒水、物流、热电于一体的工业集团。其主导产品打入了国际市场，食用葡萄糖、无水葡萄糖、麦芽糊精、玉米油的生产规模跃居亚洲前列。

看着西王陈列馆中那些当年的农具，人们难以把它们与这个13000人的企业、全封闭现代化流水线和科研实验室联系在一起；看着当年照片上简陋的农舍，我几乎不敢相信，眼前整齐的公寓楼和别墅里住的就是那些面朝黄土背朝天的乡亲。

村民富不富，关键看支部；村子强不强，要看领头羊。听着那些安享晚年的爷爷奶奶唱着自己创作的歌儿《西王老人幸福多》，看着他们眼角闪动的泪光，我更加明白：人民的幸福是革命事业的起点也是归宿，是共产党人的初衷也是远谋！

洒向人间都是"甜"，对西王村的党组织来说不是口号，而是一种真实；"为人民服务"在这里不只是党员豪迈的誓言，也是平平常常的实践。

回顾历史本身是一个再学习的过程。对当代人如此，对子孙后代尤为重要。西王人编修村志，打夯现代企业文化基础，是在农村建设社会主义精神文明的一个创举。

修史与修志有所区别，史远而志近，史专而志广，史以议论见长而志以记述为主。存史、资政、育人、博物是志书的基本要求。有了这样的精神财富，就能把艰苦创业和创造性劳动的传统不断弘扬。

西王村和祖国同行,和时代同行,正任重道远,前景美好无限!

2010年10月20日于北京东交民巷30号,后修定于山东青建集团在非洲的一工地。

"见证友谊"心相近
——读拉法兰夫妇的《中国的启示》

中法人民的友谊根深叶茂。

法国历史悠久,出现过巴黎公社社员,有雨果这样为历史主持公道的文豪,有孟德斯鸠这样能辩证界定民主与法制关系的思想家,还曾接纳过我从小就敬仰的中国领导人周恩来、邓小平、陈毅……

我同法国也有一份情结。1964年1月中法建交后,周恩来总理估计新中国恢复在联合国合法席位的时间为期不远了,因此指示外交部选一批年轻干部多学一门联合国工作语言。我是被选上学法文的五人之一,我的一位法文老师碰巧是戴高乐将军的远亲。若干年后我还真当过常驻联合国大使,与法国同事在地区热点和安理会改革等问题上合作愉快。在四十多年外交生涯中,我的兴奋点包括希拉克总统向我谈及他对李白的喜爱,以及法国外长欢迎我往访时用红、黄玫瑰在大厅摆出中国国旗图案……

令我特别欣慰的是,法国有很多和我抱着同样信念的朋友在为中法友谊忙碌奔走,其中两位杰出代表就是本书的作者、法国前总理让-皮埃尔·拉法兰和夫人。

拉法兰是中国人民尊敬的法国政治家。早在20世纪70年代,他就与中国结下了不解之缘，一直热情推动中法友好。每当中法关系遇到难题，他总会在关键时刻发挥关键的建设性作用。

2003年4月北京爆发"非典"疫情，有的外国人不敢贸然来华，而拉法兰却成为首位访华的西方大国领导人……中国人民不会忘记他对中国的信任。2008年北京奥运火炬在巴黎传递发生了不愉快的事件，拉法兰毅然出面谴责破坏者，不久又率团访华，努力修补中法关系。2009年和2010年，他两度率法国青年议员友好代表团访华；2009年底，曾全程陪同我率领的中法友好代表团在普瓦捷等地参观。他常在媒体上介绍中国的发展成就，他的博客更是法国民众了解中国的一扇窗户。他是中法友谊的辛勤耕耘者和守护者。

先生的劳作少不了贤内助的鼎力支持。拉法兰夫人热爱中国文化，坚持学习中文和书法。有了她和丈夫对中国的兴趣和挚爱，才诞生了我们面前的这本书。

本书是他们夫妇对中国和平发展的"内心表白"，是对中国诸多领域状况的生动描绘和深入浅出的叙说。本书也是他们两口子与中国人民的一次心灵对话，从头到尾流淌着对法中友好的殷切关爱。

作者称本书为"一封给法国青年的公开信"。我深信它一定能帮助远在万里外的法国人，尤其是法国年轻人更客观地认识古老而又年轻的中国，更珍惜来之不易的中法友谊。

在舟车颠簸中，读毕本书中文译稿，我兴奋不已，当即把书稿推荐给许多喜欢法国文化的年轻同事去读。

这部"见证友谊"的书增强了我对中法友好世代相传的信心。我猛然想起莎士比亚的第107号十四行诗，觉得其中两行完全道出了我的心声,"动荡和疑虑既获得了保险,和平在宣告橄榄枝永久葱茏",只需要在"和平"之后补充上"友谊"二字,因为中法友谊之树也会永久葱茏。

2010年11月22日于湖南郴州—长沙—常德途中

致刘悦村支书助理
——序应届大学毕业生刘悦初任村官的工作感言

你昨天的话令我感动。你对理想追求的坚韧、对你们村的热爱、对农民善良品格的发现……都引起我这个在安徽邻省山东乡下长大、比你早毕业四十六年的大学生的共鸣。谢谢你！

除了组织上安排的"规定动作"外，有几点关于工作和生活的想法请你爸转送你参考。

——牢记小平同志说的干部要"怕"党、"怕"群众，人民是咱们的衣食父母。"民为贵"，实质上民比官大，这个辩证关系千万别弄颠倒了。

——工作上有不同意见，可当面提，会上提；好话，除大会表扬等活动外，可背后说。

——多学习村里人的优点，体贴他们的困难，给一些力所能及的必要帮助；对他们的缺点，诚恳地适当指出，引导。毕竟，去年我国大学生毛入学率仅为24.2%。中国每位大学生实际上代表着四到五个同龄人在为祖国学习。知识多一点的人有责任与同胞们分享。这也是一份光荣。

——老师、父母不在身边，要学会照料自己。毛主席1950年就告诉学生们"健康第一"。每天体育锻炼或体力劳动不宜少于一小时。记得胡主席年前曾强调青少年要德智体美全面发展。

——做事会遇到困难，战胜困难的过程最有意思。内政外交莫不如此。我喜欢巴西足球明星贝利多年前与记者的一场对话。记者问："你儿子有朝一日会和你一样成为世界足球先生吗？"贝利答："不可能。"问："为什么？"答："他爸比我爸有钱……"

——别学抽烟、喝酒。尤其是女官员在公共场合宜忌烈酒。可告诉热心劝酒者，安徽老乡吴委员长就不喝酒。连国宴也不上白酒、香烟。

——抓紧学习能提高劳动效率。除领导给的学习机会要用好外，每日读书和看电视等不宜少于1小时。当然，要注意保护眼睛。昨天《江淮晨报》记者张沛说，被幸福地保送入北大的五位江淮女孩中，有四位戴眼镜，比例太高了。

——我把点点滴滴的想法随手写在刚翻阅过的一份讲稿背面，想起大约七年前温总理曾在一次会上倡导，为带头节能减排，干部办公纸要用两面……本来，勤俭就是咱中国和其他发展中国家的好传统。

——昨天谈起西方的感恩节，忘了对你说，据我了解，1620年跑到北美的那批英国人及其子孙本应永远感激乐善好施的印第安牧民，后来他们却淡忘了。这段历史不可不察。为人、为官共同点之一是，要始终感谢父母、老师、老领导、老朋友，包括老穷朋友……知恩知谢才容易快乐，俄罗斯作家契诃夫说，快乐的心情是最大的免疫力。

祝健康！

2010年11月26日匆匆于自合肥飞广州参加亚运会闭幕式和会见广东省人大同事途中。刘悦，女，今年毕业于滁州学院中文系，前不久经中组部和安徽省委组织部考试录用在合肥市长丰县双墩镇双墩村任村支书助理。据合肥人大同志告，皖东北砀（意为"有条纹的石头"）山县与鲁西南单县有共同省界线40.8千米。

《北大洋先生》序

五十二年前,我一个山东乡下孩子第一次到首都,第一次遇上在北大教英文的美国老师。她就是让我终生受益的叶玛茵(Manelia Yeh)先生。

叶先生教学认真,对学生既严格,又亲切,教发音时对舌头的正确位置、口腔的恰当形状等都反复强调,教语法时则不厌其烦地再三举例解释。课余,她常骑一辆旧自行车到我们拥挤不堪的学生宿舍辅导,还请我们轮流去她家会客室上课。她对中国的爱、对中国学生的爱感人至深。她晚年回美国定居后,我多次利用工作之便代表同学们去看望她。听她的子女讲,她在生命的最后时刻还思念北大。痛悉她病逝的消息后,我委托中国驻美大使送了花圈。

有一位更早到北大西方语言文学系任教的美籍老师叫温德(Robert Winter)。我们系许多优秀老师都曾经是他的优秀学生。我曾有幸到他家上过几次课。他当时已年迈,膝下无子女,除了愿与学生为伴,还养了十几只猫。他会把猫按毛发颜色分成两队,让它们"赛足球",同时让我们像时下的体育解说员一样快速用英语评介比赛情况。这种口语课大家爱上,效果也好。

我在北大读书是20世纪50年代末60年代初,独特的国际形势要求发展中国家有公务员懂英语,朝鲜、越南、柬埔寨等国都派遣学生来北大学英语。那些年北京和北大生活条件比较差,许多北大外教和中国老师一起克服困难,作出了宝贵贡献。

中国走和平发展道路。中国外交追求与世界各国平等相待、互利共赢。几十年来,中外多领域友好合作不断扩展和深化,教育也在其中,而在华外教功不可没。

北大外教和北大学生教学相长,也是民间外交的重要组成部分,为加深中外人民的相互理解和友谊发挥了不可替代的建设性作用。

这部《北大洋先生》忠实记述了数十位外国老师的动人事迹,难能可贵,一定会给读者以愉悦和教益。

2011年10月15日于济南—北京高铁G18次列车上

在知识海洋面前我永远是小学生

在知识的海洋面前，我宁愿是一个学不完、毕不了业的小学生。对此，我感到最幸福，也最快乐，对自己也永远不满足。

我是一个山东的乡下孩子，长成一个山东的乡下老头。经过这么多年，基本体会就是快乐是一种力量：上学一定要快快乐乐地学习，当老师一定要快快乐乐地教学生，然后给国家、给人类进步事业快快乐乐地服务，这样才能干得好。

新中国成立前，我们县连一所中学都没有；我们乡有七八个村，连一所小学都没有。1949年秋天之后，我们乡才有了第一所小学。我是8周岁才上小学，因为上学晚，就更加珍惜学习的机会，因为学习特别快乐。

1952年下半年，我们县有了历史上第一所中学。我考上初中了，能不高兴吗？我快乐。那是一个乡下孩子第一次离家住校，所以我上课特别好好听，特别盼着考试，因为考试完以后就可以回家玩了，看我妈妈、奶奶和姥姥了。我快乐。

我有一个缺点或者是优点，就是喜欢玩儿。篮球、足球、乒乓球都喜欢，所以上课我好好听，下了课快点做作业，省点时间去玩。快乐是个动力。

现在都说美丽的梦想，我11岁时，第一次在乡下见到汽车，所以有了梦想——要开汽车，当司机。这个梦想一直到进了外交部之后，到了非洲才实现。

我快乐，因为我碰到了好老师。一个人一辈子都要受教育，中国人有一句俗话叫活到老学到老，我觉得很对，但又不够。就是活到老学到老，也学不完，我是越活越觉得自己无知，越觉得自己有好多东西没有学。所以受教育真是快乐的源泉。

孔子说，三人行，必有我师。我不太懂：为什么两人行就没有我师呢？所以我的看法和体会是，两人行，除了我之外，那个人就是我的老师。

不管年纪比我大的还是比我小的，不管是中国人还是外国人，我都有向他们学习的地方。所以我快乐的另外一个源泉就是我在全世界都有老师。从历史的角度看，从古代到现代，我也都有老师。

在我四十九年的外交生涯中，我一共到过全世界183个国家。需要特别说明的是，我最尊敬的人、最佩服的人、永远感激不尽的人就是我的老师，各国的老师。

我曾经有三次出国留学的机会，但因为历史原因都没有留成。第一次是在1958年年底，乡下学校校长告诉我，再过一年准备派你去苏联留学，你现在要突击俄语，因为你没学过。但是到了第二年，1959年上半年，校长通知我：中苏关系出现了问题，留学你别去了，你自己考吧，后来就没有留苏。若干年之后我才到了当年要去的莫斯科大学，在那里流连忘返，也请教了莫斯科大学老师和学生一些问题。

又过了若干年，我在北大上一年级的时候，学校通知我，让我准备去英国留学，很可能是牛津或者剑桥，公派。结果过了三个月通知我说，不去了。因为中国在1960年遇到了严重的经济困难和自然灾害，所以公派留学计划取消了。

再过了若干年，我已经到了外交部，通知我可以到美国去留学，或者叫镀镀金，一年。没过两个星期又通知我不去了，因为想让我做外交部的新闻发言人。

我非常羡慕有机会到国外学习的中国青年朋友，但是我有我的幸福所在，就是除了有那么多优秀中国老师之外，好多外国老师对我太好了，对我的教育太值得珍惜了。

比如说我有位英国老师，做人特别好。他专门支援中国人民的抗日战争，抗战胜利之后留了下来，教育赶走侵略者之后的中国青年，新中国成立之后又帮助新中国培养人才。我成了他的学生之一。

他讲课特别厉害。教英文时，他说学英文不光要学发音、词汇、语法，还要学习有关的历史背景，这样才能学得透。即使教我们最简单的英文单词，他都联系历史来讲。比如说猪肉，学过英文的人都知道pork（猪肉），他就问了为什么和猪没关系呢？是因为欧洲大陆去的人占领英伦三岛，把当地人当作奴隶，养猪的人只能是当地人，猪的名字就是pig，但是一旦成了肉，对不起，当地人不能吃，只能给欧洲大陆来的人吃。所以猪肉的英文就用欧洲大陆的一种语言来命名了。他这样一讲我觉得就更愿意快乐地学习了。

我还有一位美国老师，她特别热爱新中国，嫁给中国留学生，后来成了我的英文老师。当时北大条件很差，七个男生住一间宿舍。这位端庄的美国女老师，骑自行车一个晚上到男生宿舍给我们辅导，自己带着镜子让我们对着口型练发音；另一个晚上她会到女生宿舍去辅导。

我特别喜欢印度的泰戈尔。作为第一位获得诺贝尔文学奖的亚洲人，他还是世界唯一的两个国家国歌的作词者和作曲者，我想不到还有第二个这样的人。我专门去过他的家乡学习他的事迹，他还是一个伟大的国际政治观察家。1937年日本军国主义发动全面侵华战争之后，他第一个愤怒谴责这种帝国主义行径。这就是我没有见过面的好老师。

我特别崇拜美国第三任总统托马斯·杰斐逊，他一直说在美国当总统很光荣，但是他认为最幸福的职业是当老师，当大学校长。为此，我专门到弗吉尼亚大学向他表示敬意，他那么喜欢做老师，值得我尊重。

还有一个我没见过的，就是小说家马克·吐温，我太喜欢他了。那么好的创作能力、创新能力，同时还是那么好的一个人。在那个时候他就为在美国打工的华人主持公道，仗义执言，他批评当时美国少数官员歧视中国的工人。说实在的，这种先进理念让我敬佩，直到他死后一百年，美国国会才通过决议，向当时受歧视的中国人道歉。

今天参加这个会我感到特别幸福的是，这个会可以产生更多的国际交流，特别在教育领域，为我们自己的祖国，也为世界各国人民培养出好的人才，这些人才能使我们中国人民和世界各国人民今后都能生活得更幸福，更快乐。也像一位我所喜爱的美国诗人在诗中写的，让我们共同发展好教育事业，搞好教育交流，让我们这个世界的每一个明天都比今天更美好。

本文根据作者在2013年中国国际教育展上的发言整理而成，未经本人审阅。

文学无国界，文学家有良知
——永远难忘和感激的几位外国作家

山西省国际文化交流中心邀我参与中心一点工作，我自知资历不足，又深感荣幸，不由得想起我和山西的文化情缘。我读小学时就喜爱源于山西的小说《李有才板话》《吕梁英雄传》；我看的第一部歌剧是源于赵树理原作的《小二黑结婚》……我崇拜朱德在太行山写的雄伟诗篇。我还想起年轻时学中外文学史的基本体会：文学无国界，作家有祖国；诗歌无国界，诗人有良知；能感动自己祖国同胞的作品才可能感动外国读者，有爱国主义情怀的文学家也一定会有为别国人民说公道话的魄力。

以下几位曾为中国人民仗义执言的外国文学家，我永远感谢，永远是我做人作文的榜样。他们的文字，每每洗礼和滋润我的心灵，激励我不知老之已至，仍想继续为不断发展中外人民的友谊尽绵薄之力。

一、泰戈尔：我的前世一定是中国人

整整一百年前，印度诗人、翻译家、作曲家、印度和孟加拉国歌的词曲作者泰戈尔成为亚洲第一位诺贝尔文学奖获得者。他出身

清贫，基本上属自学成才。他聪明地抵制当年英国殖民主义者对中印关系的挑拨。1881年，21岁的泰戈尔写了一篇题为《在中国的死亡贸易》的论文，严厉谴责英帝国主义向中国倾销鸦片并迫使清政府割地赔款。他写道：

> 英国坐在亚洲最大文明古国的胸脯上，把病菌似的毒品一点一滴地注入她健全的肌体和灵魂，推着她走向死亡……如此残忍的强盗行径真是旷古未闻……这种贸易和积累财富的方法，只有用客气的口气才能叫作贸易。它简直就是强盗行径。

泰戈尔佩服中国的爱国文人鲁迅和梁启超等。访华期间他曾与鲁迅友好会见。1916年，泰戈尔在日本以大无畏的气势发表演讲，谴责日本侵略山东的罪行。1937年日本帝国主义发动全面侵华战争后，76岁高龄的泰戈尔于当年9月自费发电给戴季陶：

> 你们的人民对侵略者的英勇抵抗，我深为钦佩。祝愿你们取得胜利！……使我感到痛心的是，日本人民竟然被他们的统治者引入背叛东方最高理想的企图。

泰戈尔还呼吁他任教的国际大学支援中国抗战，并身体力行，带头捐款。国际大学的援华捐款一次就达5000卢比。

泰戈尔1913年获得诺贝尔文学奖，给东方文化找回了一些自信，他以呼唤人类大爱的胸怀而享誉世界。他爱憎分明，对弱势群体充满同情。政治上他鲜明地站在遭受日本侵略的中国人民和其他亚洲国家人民一边。

在印度加尔各答,我拜谒过他的故居。向他的雕像鞠躬时,我心中响起他满怀深情的话:"相信我的前世一定是中国人。"还有新中国首任总理兼外长周恩来说的,"我们永远不能忘记泰戈尔对中国的热爱,我们也不能忘记泰戈尔对中国艰苦的民族独立斗争所给予的支持"。

二、聂鲁达:向中国致敬

2004年,智利驻华大使在中国外交部向我颁发了"聂鲁达百年诞辰总统荣誉勋章",也叫智利总统聂鲁达文学奖。这不仅是我个人的荣誉,更体现了智中两国的友好关系。我的文字其实大体是乡下中学生的水平,这不是瞎说。我得这奖,可能源于我对智利人民的敬重和对聂鲁达诗歌的喜欢。聂最好的中国朋友是诗人艾青。

20世纪五六十年代,聂鲁达的作品是从拉美燃烧到亚洲、非洲的"一把火",在我和我的同学心目中,聂是拉美文学和民族解放运动热潮的代名词。

聂鲁达早年曾进入外交界,做过智驻法国大使。他1971年获诺贝尔文学奖,是拉丁美洲第三位获得该奖的作家。他常用诗歌表达对中国人民和中国革命事业的情感。1949年,他称颂毛泽东是伟大诗人,正胜利地领导一场改变千百万人命运的战斗。1950年,他在为《聂鲁达诗文集》中译本的题词中写道:"万岁,毛主席万岁,新中国万岁!"

聂鲁达曾两次访华。他的长诗《新中国之歌》的最后一节是

《向中国致敬》：

> 胜利的共和国，
> 伸出你的手臂拥抱整个国土，
> 为你的永久和平奠基！……
> 从海洋到海洋，从平原到雪山，
> 世界各民族一起望着你，啊，中国！
> 我们当中出现了一个多么坚强的兄弟……

聂鲁达是诗人，也是共产党员、议员、外交官。1973年，智利发生右翼军人政变，聂鲁达的密友、民选的阿连德总统被推翻。聂于政变后12天去世，被军政权草草埋葬。到1990年，他才在国内得到"平反"。

在北大读过他的《伐木者，醒来吧》。这诗把政治与柔情揉在一起，激励了我们那一代人，为红色事业奋发学习和劳动。多年前，我在他的故居想说的话是，我希望聂鲁达精神青春常驻，继续感召新一代人为实现美梦而苦干实干。

三、马克·吐温：为华人利益奔走呼号

很多人在中学读过马克·吐温的《竞选州长》，这篇生动描述美国民主真相的短篇小说，对外国人了解美国有帮助，是我常向年轻外交官推荐的必读文学作品之一。

马克·吐温不仅关心美国选举问题，还锐利地反对种族歧视，从思想和感情上维护在美华工权益。他的短篇小说《哥尔斯密的朋

友再度出洋》，由一个善良华工艾颂喜的四封"家书"组成，串联成一个"美国梦"幻灭的全过程。艾颂喜不远万里到美国寻找幸福，但一上岸，就受到歧视和折磨，甚至被投入监狱。这一切只因为他是中国人。马克·吐温塑造的这一形象，正是当时在美打工仔的真实写照。

到1853年，华人到美国打工的只有42人。后来，由于美国修建铁路的需求，入美华工迅速增加，每年在万人以上。华人吃苦耐劳，但不仅未得到应有的报偿，反而被美社会排斥，恶性排华事件屡屡发生。1885年，第47届美国国会通过"排华法案"。马克·吐温为华工讨公道的文章正是在这一背景下写就的。

经过华人团体跨世纪的不懈抗争，2012年6月，美国国会众议院才以立法形式就"排华法案"道歉。时至今日，种族平等仍是美国文化和社会生活中的敏感话题。让包括华裔在内的少数族裔全面融入主流社会，美国依然有漫长的路要走。

在中华民族饱受凌辱的19世纪，马克·吐温的理念和行动至少比美国国会先进了一百二十多年，难能可贵。

四、列夫·托尔斯泰：仁爱、兼爱

托尔斯泰是世界文学史上的伟大作家，也是被诺贝尔文学奖冷落的伟大作家之一。他的《复活》《战争与和平》和《安娜·卡列尼娜》等，人们耳熟能详，他有的作品还被编入我国中学语文课本。

托尔斯泰出身于贵族家庭，但乐于以现实为师，对农奴和农民充满同情，对农奴制无情鞭挞。他心仪中国传统文化，钻研古代中国哲学思想，推崇孔子的"仁爱"和墨子的"兼爱"理念，多次为遭受帝国主义侵略和压迫的中国人民打抱不平。

1894年，他在《中国的贤哲》一文中说：

> 中国人是世界上最古老的民族。中国人是世界上最大的民族。……中国人是世界上最爱好和平的民族。他们不想占有别人的东西，他们也不好战。……世界上没有一个民族能比得过中国人那样善于耕种土地并靠土地养活自己。……中国人不干坏事，不和任何人争吵，总是多给予而少索取。

1898年3月，托尔斯泰在日记中如实记下了列强瓜分中国的野心：

> 俄国人、日本人、英国人、德国人都想占据中国；有争吵、外交斗争，还会有军事争夺。

1900年八国联军攻陷天津，镇压义和团，托尔斯泰愤怒抗议八国联军烧杀抢掠的暴行。在那个年代，锦上添花者多，雪中送炭者少，在19世纪的外国作家中，像托尔斯泰那样关怀中国命运的不多。

五、雨果：中国人民的朋友

法国作家维克多·雨果深受中国人喜爱。我估计，他的《悲惨世界》和《巴黎圣母院》在中国的读者比在他的祖国还多。八国联军入侵中国时，正流亡海外的雨果多次撰文斥责这一野蛮行径，不是为了挣稿酬、争知名度，只是出于正义感。

1861年11月25日，雨果在《就英法联军远征中国给巴特勒上尉的信》中说：

> 有一天，两个强盗闯进了圆明园。一个强盗大肆掠夺，另一个强盗纵火焚烧。这两个强盗一个叫法兰西，另一个叫英吉利。法兰西帝国从这次胜利中获得了一半赃物，我渴望有一日法国能够摆脱重负，洗清罪恶，把这些财物归还被劫的中国。

这封信还讴歌了圆明园在人类文明史上无与伦比的艺术价值。在圆明园被毁、中华文化遭受屈辱时，雨果代表着文学的良心、艺术的良知，是中华民族的挚友。

世上好人多，挂一漏万。上述杰出作家来自不同大洲、不同国家，肤色不同，语言不同，风格不同……共同点是，都是好人，都有良知。愿新世纪、新千年各行各业的精英，能将他们的精神发扬光大，为谋和平、促发展、增友谊、改善国际秩序做实事。

2013年3月7日初稿于中国公共外交协会，17日修改于全国人大外事委。

有缘心相近
——序李揆亨大使新诗集《缘》

我不懂京剧，多年前外交部京剧协会成立时却"被会长"了，现在仍和年轻战友杨洁篪同为"双会长"。想不到在这个岗位上有幸结识了该协会唯一的外籍会员，韩国驻华大使李揆亨阁下。在我这个外行听来，李大使唱京剧的水平接近杨会长。初读李大使诗集《缘》，又意外发现我和他共同点也很多：都在非洲和联合国工作过，都做过发言人和大使，都曾是受宠的孙子、现爱孙子的爷爷，都爱自己的国家和大自然……我们的心立即拉近了。尽管不同点也很明显，包括他会唱京剧、我不会唱韩剧，他有的诗行我永远写不出，等等。

不同国家、不同民族的文化存在差异很正常，这就需要沟通。诗言志抒情，用诗沟通特别好。揆亨大使正是不同文化间的架桥者。这本《缘》中的诗像跨越峡谷玲珑桥索，让我们足不出户就能感受到中国和韩国文化的相似之处。作者尊崇我老乡圣人孔子倡导的诚信、孝悌和礼尚往来等理念。诗中的仁爱之心值得称道。

揆亨大使远游过多个国家，"有时像孤守黑夜岗楼的瞭望者",但依然一面放声高歌,一面勤勉工作。比如,他在诗中表示,愿意与中国同行携手让两国关系在"美好友谊、幸福同行"的轨道上加速发展。这不能不引起我一种亲切的共鸣。近半个世纪我经常劳动、寝食在异国他乡,但走到哪里,永恒的眷恋都是祖国和家乡。我祈愿中外友谊长存。我写过:在世界面前我微不足道,和祖国加在一起,才有了些许自豪。

我们都是诗人。揆亨大使在岳父去世时泪湿沾襟,心愿是"岳父去的地方肯定是一处明亮温暖的地方,岳父肯定在开满鲜花的海边望着大海深处"。当小孙子生病时,揆亨大使"心好疼,疼得我痛哭流涕",跪下双膝乞求上苍呵护孩子。这令我感动。让我想起养育我的母亲和奶娘,让我想到如果天下人都有一份爱心,世界真的会更加美丽。

我们都爱自然。从揆亨大使的诗不难发现,他喜欢与天然山水相伴,热爱天空清蓝的金秋,欣赏敲打窗户的细雨,享受北京自家菜园的新鲜小葱,思念别离已久的家乡片片落叶……儒家提出"仁爱万物",追求人与自然的和谐。在我看来,外交官更要热爱大自然,热爱人类共同的地球家园,并且用行动促进各国人民在保护生态方面的友好合作。

中国和韩国一衣带水,相距并不遥远。韩国有个说法,威海鸡叫,仁川听得到。这个我无法证实,但我亲身经历过从我家乡青岛飞济州岛比飞海南岛近多了。中韩人民有千条万条理由像两国许多诗人歌唱的那样世世代代和平相处,友好相待。

《缘》的中译文版问世也是缘分,好缘分,值得祝贺!

另，听说《缘》的中文译者相当年轻，但译文地道、格调平实，可贵。应该鼓励年轻有为的翻译工作者为增进中韩人民的相互了解和友谊多作贡献。

2013年3月18日于北京二里沟畔中国翻译协会

坦诚务实，宣传的生命线
——读姚遥《访中国对外宣传史》

我的中国公共外交协会年轻同事姚遥的《新中国对外宣传史》在母校出版问世，我高兴。

他几年来，忙于查阅档案，采访当事人，还在清华、北大、哈佛、外交学院向多位教授请教。历史是昨日的新闻，是今日的镜鉴。本书提到的部分对外活动，我直接或间接参与过。20世纪80年代我在外交部新闻司，曾为老司长钱其琛的首次新闻发布会任翻译，受益良多。我长期负责与外国记者沟通，包括曾向当年的驻京外国记者介绍特别法庭对"四人帮"的审判情况（新华社庄建徽同志分管向国内媒体吹风），介绍小平同志、李先念主席、杨尚昆主席、江主席、胡主席等出访和会见外宾的情况，也当过几届人大会议发言人。新闻司首任司长是龚鹏，她的首次发布会是1954年她陪周总理兼外长出席日内瓦会议时举行的，我在山东胶南一中阅览室的《中国青年报》上读过有关消息，首次遇到"发言人"这提法。

活了七十岁，我幸福而又悲壮地发现：孔子老乡的名言"三十而立，四十而不惑，五十而知天命，六十而耳顺，七十而随心所欲"云云，大而言之均很难落实。关键在于实事求是难：了解真实历史和现实难，用实践来证明自己学的、做的符合真理更难。学到老、干到老也学不完、干不完，还得靠下一代、下下代……宣传工作也一样。

对外宣传与对内宣传一样重要，是党和国家的一项重要工作，是总体外交的组成部分，对扩大我国影响，结交合作伙伴，推动共同和平发展有不可替代的作用。在这个意义上，本书中的很多案例值得参考；如有不同看法也有益于引发继续共同求索。

迫不及待地匆匆翻阅中，我觉得本书很有特点：

一、引用的文献多，细节丰满。作者广泛收集中外文档案中的资料，弥补了此前有关研究中一些缺憾。

二、立意较高，视野开阔。作者受过良好的跨学科教育，注意将新中国六十多年的外宣工作置于国际关系大背景下，借助政治学、外交学和历史学的常识，揭示外宣工作的内涵和逻辑。

三、提倡讲实话。在我近半世纪的外交和新闻工作中，我最简单的体会是：祖国唯一，人民万岁；诚信是说话行文的底线和生命线，对祖国和人民决不弄虚作假。就外宣而言，凡不能让自己同胞信服的，也不大可能让外国人信服。

四、注重中外兼顾，有民族文化自尊自信，又努力学外国好的东西。新闻界、学术界似乎有个怪现象，越是远古的东西知道得越清晰，近的事反而说不太清。其实学习、研究都是为了用，学、写外宣史也应厚今薄古，旨在把今天、明天的外宣做得更有益于人民。毕业于北师大的许嘉璐老师教过我"习"是"实践"的意思。

五、本书文字鲜活。习近平总书记曾在中央党校提出，要改进文风，在"短、实、新"三方面下功夫。有些学术文章越来越长，报纸越编越厚，至少会让读者减少。难怪网上有段话：现今出书的多了，读书的少了；知道鲁迅的少了，知道周迅的多了。我1991年的党校同桌赵启正在《公共外交与跨文化交流》中梳理过有关经验教训。我估计，姚遥从中学了不少。

今年春天我与姚遥去莫斯科参加研讨会时，与驻俄李辉大使谈起俄文学家契诃夫的故事。契曾说："如果你心爱的人背叛了你，你应该感到万分庆幸，庆幸她背叛的是你，而不是你的祖国；如果你想写出好作品，就应该永远不脱离草根阶层，坐火车也要买最便宜的票……"小说家都须爱国敬民，搞外宣更应如此。

中国人民和世界人民的利益是一致的。人民对美好生活的向往是我们的奋斗目标，也是我们改进和加强外宣的目标。牢记和践行这一崇高理念，研究有关经验教训才有用处。

2013年6月29日初稿于青岛清华论坛，7月1日修改于北京南池子中国人民外交学会。

积淀良久　挥洒自如
——序《亲历30年——一位记者眼中的中国30年改革开放》

刘卫兵是我的年轻老友、摄影家、新闻学教授，我们还同在中国作协当会员。我迫不及待地浏览他的新著《亲历30年——一位记者眼中的中国30年改革开放》，其中许多内容让我感到亲切而又新颖。

改革开放这30多年，我们国家真是"苟日新，日日新，又日新"，分分秒秒都生动活泼。卫兵以其国家通讯社资深记者的厚重积淀，挥洒自如地叙述和描绘了这史诗般的变革。

书中涉及的不少事我都经历过。我是新中国成立后才有机会上初级小学的，但做梦也没梦到，竟幸福地在天安门城楼观看了国庆60周年阅兵式，含泪目睹青年人在天安门广场用鲜花组成"人民万岁"四个大字；我曾任北京联合国世界妇女大会中国代表团副团长、北京奥申委委员，曾部分参与港澳回归、世贸谈判、汶川救灾工作……这些事都比较熟悉。但卫兵战友图文并茂的描述又常让我感到新鲜。如关于1997年7月1日子夜，香港回归那个令人热血沸腾的时刻，我只在沙头角按中央授权宣布收回九龙海关，而卫兵却把沙头角上的"中英街"与北京秀水街认真作了超越时空的比较，平实而富有新意。又如世妇会。我当时只听过各国代表团的正式发言。本书作者却娓娓记述了他与非洲女代表的友好聊天，以及他在京郊怀柔分会场上的意外发现：中国代表太认真，领导台上坐、发言念稿子，许多外国代表则轻松快乐，有话站起来就说……这些事我这个"前副团长"是18年后的今天读这书才知道的。

这本书许多篇章涉及国内国外、过去现在，内涵颇为深刻。如写北京城的变化，既提及旧社会"龙须沟"的污水横流，提及新中国成立后的巨大进步，又客观写道：2013年初北京的天气有时"雾霾重重"，污染问题成了"街头巷尾议论的焦点"，结论是"人类只有善待环境，环境才能善待人类"。这和中央关于以人为本、可持续发展的本质精神相当一致。

再如，农民问题。作者满怀真情地写了农民工对城市发展和市民生活改善的贡献，也满怀不平地嘲笑一些嫌贫爱富的人"手里夹着皮包，在农民工面前趾高气扬"，并由此纵向地提到如今的城里人几十年前多数也是农民工或农民工的后代；横向地联想到一些外国发展中的曲折和值得借鉴的地方。

总之，我觉得这书有历史价值，有现实意义，读一读有利于了解我们走过的路和将要走的路，有利于做到为我们取得的进步自豪，但不骄傲，做到更有决心和信心地走好今后的路。

2013年6月25日于中国公共外交协会

青春火一把，人生花百朵
——序年轻校友张九桓大使《行路集》

张九桓大使是我的年轻校友，同道同事。他来自广西山区农村，上山打过柴，下地扶过犁，后来却不经意当了大使、司长、名誉博士……

九桓写诗词的优势是，经多见广，志高务实，而且中文学得好，谙悉唐诗宋词，动笔时又勇于创新，不受旧体音律束缚，只求"大体押韵，略讲平仄"，而注重养静气、抒真情、求新意。这是一位外交官兼诗人难能可贵的与时俱进精神。

他的高雅源于热爱祖国的赤子之心。他在诗中坦然承认50多岁上到京郊"樱桃沟采摘"仍"高枝攀跃似顽童"。这使我想起自己1960年曾爬到北大未名湖畔桑树上吃桑葚，我那是因为当时粮票不够，吃不饱，九桓爬树则纯因钟爱祖国的山水草木。

他的诗有现实感和历史感。他这样写辽东老铁山把渤海和黄海分开："一山有勇担双海，半岛景观天下奇。"新千年我国终于收回大半个黑瞎子岛后，诗人悲壮中有喜悦，"破浪极达国土东，泪湿碑界喜由衷"，道出了同代外交战士的共同心声。

爱国包括坚守"一个中国"原则。2011年作者与一些台胞交流时情不自禁地高唱："一个中国天地阔,能无妙笔著华章?"他和诸多同事一样为两岸友好合作与和平统一大业奉献着火热的青春。

爱国必敬民。敬民从敬父母开始。九桓的农民父亲96岁逝世。他写道:"耕田修水种嘉禾,勤俭百年功自高。"他在大庆铁人王进喜纪念馆"睹物思人热血涌",称"丰碑永远照征程"。他尊重华人、华侨,赞扬他们"埋头汗洒南洋地,昂首情牵赤县天"。我感同身受。外交官光荣而艰巨的使命是为祖国的发展、世界和平、周边稳定,结交平等相待、互利共赢的伙伴。

九桓曾出任我驻尼泊尔、泰国、新加坡大使,在国内则专司睦邻友好。他随时随地歌颂和平与友谊,乐此不疲。和为贵。九桓在全国政协工作时,曾专程到柬埔寨"谒大吴哥",印象是"废墟不朽光华在,最撼心扉是面慈"。谊为重。九桓不忘泰国诗琳通公主对中国汶川震后重建的资助,曾两次陪公主往访重建后的小学,并写诗示谢:"为有隆情铸善举,仁德公主世无双……"

九桓诗如其人,"仰不负于天,俯不愧于地"——天是人民,地是祖国。《行路集》会给走在爱国敬民路上的人们带来启迪和愉悦。

2013年6月25日于自北京至阜阳火车上

永远的泰山

两年前，2013年，是老党员秦力真诞辰100周年。他是我夫人秦小梅的父亲，是永远值得我学习的前辈。今年是中国人民抗日战争和世界人民反法西斯战争胜利70周年，我更加怀念和钦佩他为抗日根据地建设和新中国外交伟业所作的贡献。

爱党爱国、严格要求子女、作风民主，是他留给我的第一印象。他得知我和秦小梅处对象时，我正在北京外国语学院读研究生。他请时任北外党委书记的战友帮忙了解我，得知我没什么问题后便尊重女儿的选择，一点儿也不干涉了。后来同他相处，更觉他大度正派。

秦力真1913年8月出生在河北省一个富裕家庭。父亲送他在冀州上完初中后，让他到北平中国大学附属高中求学。在那儿，他接触到已是中共地下党员的老师，偷偷加入党的外围组织，走上了革命道路。

1937年7月抗战全面爆发后，他在家乡投身抗战洪流，任《战报》主编，后加入中国共产党，很快被任命为中共冀县第一任县委书记。

1948年4月党中央迁至西柏坡后，他被调往中央政策研究室，被称作少奇同志的"小秘书",与江青等分在同一个党支部过组织生活。常交往的有毛主席的政治秘书田家英同志。

1949年初,秦力真随毛主席、党中央从西柏坡进北平,先在市委政策研究室任秘书长,协助市委书记彭真的政治秘书邓拓工作,后任市委宣传部秘书长,1950年秋被调到外交部,成为签证处首任处长和领事司首任司长。

新中国外交的领事工作可以说是从无到有。岳父好埋头苦学,从头做起。他查阅了大量国民政府时期的档案和资料,专门向曾从事过领事业务的人士取经,并参考国际惯例,为建新章、立新制作准备。在国务院总理兼外长周恩来的领导下,他为开创新中国的领事工作局面倾注了大量心血,包括解决海外华侨双重国籍的问题。

新中国建立之初,在东南亚国家的1000万华侨多数从商,有的资产雄厚,甚至在一定程度上控制着所在国的经济命脉。西方大肆渲染中国"红色政权"威胁,使一些国家担心华侨成为中共输出革命的载体。新中国成立让许多华侨感到自豪,也有的想加入外籍,但担心会背上"忘祖"的骂名。考虑到种种实情和发展同东南亚各国友好关系的需要,并参照有些国家的做法,中央决定让华侨按"一人一国籍"的原则自愿选籍。这为新中国与东南亚国家友好相处解决了一个难题。

秦力真先后出使挪威、赞比亚、瑞典和新西兰,共驻外20余年。他常讲,外交跨国界,外交官有祖国。大使馆远离祖国,但不是断线的风筝,而是时刻与祖国紧密相连。外交官举手投足都应牢记祖国的尊严和权益高于一切。

他任驻赞比亚大使时，遇上中国援建的坦赞铁路开工。为确保工程进展顺利，他曾因劳累过度生命垂危，十来位医生护士也无能为力。当时我和小梅在驻肯尼亚使馆工作，组织上为让他最后能见女儿一面，特允小梅去赞比亚探望。见面时，他已昏迷。小梅哭着喊爸让他奇迹般苏醒过来，在场的医生开玩笑说，"一个女儿胜过了一打医生"。若干年后，我作为外长应邀访问赞比亚，在一次招待会上被介绍给前总统卡翁达。他还记得当年与中国的秦大使在坦赞铁路赞比亚一侧多次并肩同行、汗水同流，记得他访华期间毛主席与他谈"三个世界"时中方在场的有秦力真。

岳父组织纪律性强。我刚到外交部时他就提示：外交大权在中央，要多请示汇报，按授权办事，不该去的地方不去，不该看的文件不看，不该问的别问。这些都成为我后来在工作中严守的准则。

岳父注重实事求是和工作实效。当司长时，需要上报的文稿，他总是自己预作研究，再召集相关的同志一起对文稿的主题、结构、内容充分讨论，再三斟酌。他对自己的夫人要求严格。岳母李华文与他同一年入党，抗战时期就任村支部负责人，是当地小学的好老师，是能文能武的女游击队员，后来在外交部级别却一直是二等秘书。每当使馆有晋升名额，秦大使总是让夫人让一让，把机会留给年轻同志。

岳父常教育女儿做人要踏实，小梅记住了并付诸行动。大儿子晓渤参加高考前，他要求晓渤报国家最需要的专业，晓渤便上了北京农业大学。二儿子晓鹰考进南开大学历史系，我多次听岳父教导晓鹰，学文科更要以学马列主义和毛泽东思想开路。

他常讲，不要为个人的事找领导提要求。"文化大革命"爆发后，他从赞比亚被召回国，刚下飞机就被造反派带走，作为"走资派"批斗。在被斗得最厉害的日子里，有同事好心劝他去找老熟人江青说说话。他答，挨斗就挨斗，不求人。硬是咬牙坚持了下来。

岳父唯一一次算是走"后门"是为了小儿子小浩。小浩在"文革"中因参与张贴反对江青的大字报被关进北京陶然亭监狱。岳父得知后让我去探望，还让带去《毛选》。后来在周总理干预下，小浩等人获释，可学业却耽误了。当时较流行的好办法是送孩子当兵。万般无奈之下，岳父同意我去求曾是将军的副外长仲曦东介绍小浩参军。

他初到瑞典时，使馆客厅摆放"中华牌"香烟供会客用。一位年轻人有时去客厅拿烟抽，有位干部想"潜伏"在现场抓"小偷"。岳父得知后说："别！当面批评就行了；记住：有批评的话快当面说，赞扬的话倒可以背后说。"岳父当年的一些同事每每谈起这事，会在大笑之余感叹他的宽厚。

受岳父等老前辈的影响，我在近五十年的公务员生涯中，从未找领导办私事，从未背后说同事不好的话。谢谢前辈们的表率作用。

岳父从驻新西兰大使任上离休后说：我是个诚实的党员，不在其位，不谋其政，外交一线的事我不再过问，相信年轻一代能干好；但如需要我提点看法什么的，我会趁脑子还清楚尽力而为，做到问心无愧，兵老了也是兵……多年来，这些话一直激励着我；实际上，2007年4月27日我最后一次主持外交部部务会时的简短告别辞借用的几乎全是岳父的"知识产权"。

这位老战士把全部生命献给了中国革命和外交事业,愿他爱国爱民、泰山般的崇高榜样永远引导我、小梅、孩子们、亲朋好友们持续前行……

2013年7月初稿于岳父农历生日深夜于北京东交民巷,2015年7月5日修订于杭州至济南高铁火车上。

半个世纪两端的记者情

大约1962年9月初，我大三生活刚开始，有法国男女两记者来北大采访。西语系领导让我去回答问题，时间不长，不能耽误上课，地点在离民主楼不远的未名湖畔。工作语言为英文，因为法国记者不会汉语，我主要学英文。法女记者主要问一个问题："你们中国学生怎么看待原子武器？"我按照在《人民日报》上读到的毛主席谈话精神，简要回答："关于原子弹，我们立场简单明了，一是反对使用，二是一点也不害怕。"采访结束，女记者表示感谢，负责照相的男记者点头告别。

两年多后，1964年10月16日，中国在罗布泊成功爆炸了第一颗原子弹。中国政府发表声明：绝不首先使用核武器，绝不对无核武器国家使用或威胁使用核武器。我真为祖国的科技进步和严正声明感到骄傲，那时我刚到外交部工作两个月。

整整五十年后，2013年8月29日我作为中国人民外交学会名誉会长率"中国青年英才"代表团赴法国，与法青年才俊交流。这项活动旨在落实当年4月习近平主席与奥朗德总统在北京达成的关于加强两国青年交流、深化友谊与合作的共识。

代表团中可能只有我真的算不上青年，没有办法当团员，只能"被团长"了。

9月2日晚，两国青年结束两天紧张热烈快乐、不乏激烈交锋的交流，在卢浮宫最后话别。这次交流总体上有益于增进两国青年相互了解，努力把中法友好继承发展下去。

期间几位中法记者要采访我。我都婉谢并建议他们采访法国前总理拉法兰、中国人民外交学会副会长孙荣民、前副会长程涛和代表团秘书长蒋端等。只有两位香港卫视记者婉谢我的推荐，抓住我不放，重点问了一个问题："作为前外长，你对这几天叙利亚化武问题有何看法？"

我想起五十年前未名湖畔的记者采访，简要回答如下："前外长和非前外长已没多少差别。我作为中国公民的立场是，我的祖国历史上曾经是化武受害者。我一贯反对使用化武；关于如何处理你所谈的问题，首先要有真凭实据，我支持安理会选派热爱和平、主持公道、专业素质高的多国专家去现场进行认真调查，其他事情应依据调查结果再谈。"香港女文字记者表示感谢，男摄影记者点头告别。

这情景就和半世纪前未名湖畔相似。我不禁想到，世界历史有进步吗？进步有多大？此时卢浮宫外已是一片晚霞。

2013年9月3日于自巴黎赴欧洲议会所在地斯特拉斯堡火车途中

我的留学故事
——姚芸竹《还我一个真剑桥》并序

许多事儿很怪,却又存在着内在的逻辑关系。

在国外待时间长的,特别恋家爱国;学外国文化的,越钟情于民族文化;学医的成了大文豪,如鲁迅、郭沫若、契诃夫等;我的老乡曲格平,专攻中国文学史,成了环境学家,曾获联合国环保奖;各国大政治家,多半并不是政治学系毕业的。小的例子还有,一般体育观众和赛事解说员等,往往比场上的教练和运动员更显得英明。

我儿子三岁时"一针见血"地指出:我爸爸爱看足球,是因为他自己不会踢。眼下又一个有幽默意味的例子是,一个从未留过学的人在为这本专写留学生活的《还我一个真剑桥》写序。"外来的和尚会念经""不识庐山真面目,只缘身在此山中",兴许还真有点儿道理。

姚芸竹曾就读于南京金陵中学、北京大学,年纪轻轻就成了外交部领事司三等秘书,还抽空到英国留了学。我三十多年前第一次到驻外使馆常驻,主要工作之一就是为一位三秘同志做翻译,而且打心眼里觉得他政策水平高。

留学，对我是一个刺激神经的话题。我至少有四次被公派出国留学的机会，但用家乡土话说，都是差一点儿留成。

1959年暮春的一天，山东胶南一中的领导颇为神秘地通知我和同班同学马林江，让我们准备进北京外国语学院留苏预备部。真是喜从天降。我们那一代人是多么向往苏联啊！我个人更对曾培养出门捷列夫、罗蒙诺索夫等科学家的莫斯科大学十分向往。留苏的事后因中苏关系出了毛病而未能落实。胶南一中崔校长鼓励我："留苏不成可以去考清华或北大。你们是这个穷地方有史以来第一批高中毕业生，没有共产党、没有人民助学金，怎么可能？！好好拼去吧！"我中学六年一直喜欢代数，但几何学得差，思来想去没报清华。若干年后，儿子却考上了清华。

同年晚秋某日，北大西方语言文学系领导通知我和同班同学刘焱准备次年留英。我刚到北大不到半年，听到这消息既惊喜，又茫然。北大是第一个把我从"自以为是"迅速改变成能"自以为非"的圣地，不大舍得匆匆离去。好在第二学期碰上1960年国家经济困难，自然而然地取消了派我们出国留学的计划。

进入外交部后，1965年7月的一天，部教育司（后来合并到干部司）丛文滋处长通知我和应谦等人突击学法文，准备于次年夏到日内瓦国际翻译学院留学。想不到次年5月16日爆发了"史无前例的无产阶级文化大革命"，留学一事又不了了之。我和应谦等搞了一次公费"革命串联"便下乡劳动了。

1979年元旦中美建交。中国年轻人赴美留学成为可能，但我不再年轻。我从江西农村调到非洲工作七年之后，到了外交部新闻司，先后在钱其琛、齐怀远、马毓真三位司长领导下干活。他们对我帮助都很大。忘了哪一天马司长问我，愿不愿到美国弗莱切外交学院进修个一年半载。我想，这可能是我最后一次留学机会了！我答应回去想想。可没过两天，他告诉我别想了，说让你留司培养。我没说什么，已经逐步适应了国内外形势的"不断变化"。

四次留学"未遂"，我的体验是：作为一个公民，在政治意义上，祖国和民族的历史积累就是你的机遇、你的命运。

和我不同，从手头这本书看，姚芸竹小校友的可贵之处在于"对外国和尚的经，择其善者而从之；对外国的美景，不管天南海北，都尽情享用"；"走出国门看祖国，越看越爱国；崇尚外国长处，越崇越想学来增长为国效劳的才干"。

在众多写留学生活的散文集中，《还我一个真剑桥》尤其值得一读。它的文字柔中有刚。作者见到英国人有什么优越之处，便想着如何用于中国；感觉英国有什么不足之处，便想着如何避于中国。拳拳之心令人气朗神清。

面对外国朋友与中国的某些隔阂，作者与其他许多留学生一样，会马上充当业余外交官，有问有答，不卑不亢。英国社会表面上同情外来人口，然而作者食不甘味，认为"同情自上而下，是对奋斗的阻挠，而不是肯定"。青年人如此自觉地严以自求，是走向更高境界的起点。

英美大学注重鼓励学生多参加社会实践。作者通过亲历觉察到，英式"民主"是官僚的实用主义和公民的理想主义相互渗透的结晶，权利的排他性没有消失，仍存在仅仅因出身高贵就可终身享乐的现象……

"重要的是拥有一个健康踏实的态度，一个不那么浪漫的头脑，还有一颗平常人的心"。作者留学一年，对将来可能赴英的同学留下的忠告就这么简单。

书中趣闻不少。

拉丁晚餐是剑桥几百年不变的正餐。师生身着清一色长袍，袖子着地，胳膊从肘部的破洞里抻出来。饭前，桌上点燃烛光，学长用小木槌敲响铜锣后，全体肃然立定，聆听导师讲话，之后用拉丁文祈祷，尽管在英国懂拉丁文的可能不如懂中文的人多。

小酒吧林立于剑桥。酒吧里的英国人醉酒不失温文尔雅，忌讳说"买"这个字，他们说"来一杯"而不是"买一杯"；英国人在酒吧不给小费，但喜欢彬彬有礼地对酒保说："你是否也来一杯？"给出与小费相适应的情调。

剑桥多的是道德自律家，考试时学生可以"方便"为正当理由外出，无人监督；图书馆电子借书，无人看管；学院鸡鸭牛羊满地走，无人逮杀。剑桥多的是义务交通员，骑车误闯步行区，必有英国大妈厉声喝你下车；开车误入单行道，必有英国大叔使劲敲车窗叫你离开。剑桥有很多好好先生，主动把问路的外国人送回家。

剑桥有时保守得过分。纽约姆学院曾因招收女生，被愤怒的男生毁了铁门。1987年，当麦琳学院决定招收女生时，不少男学生悲哀、义愤，举办了抗议葬礼仪式。他们臂缠黑纱，抬着棺材游行，悼念学院正统时代的终结。

这本书蛮有兴味，有些内容可供借鉴，包括作者反复暗示的一个常识：年轻人既要放眼未来，又要慎重走好眼下的几步。

话已经说得够絮叨了。谨用下面几行字呼应全书的主题，与作者和读者共勉：

> 别忘了你是谁，
> 你是朋友的朋友，
> 你是亲人的亲人，
> 你是祖国的孩子，
> 这是一切的根。

2013后10月20日于自德州夏津经济南回潍坊途中

爱国敬民　崇德力行
——序《中华传统美德古训》

面前这书不是简单的另一本印刷品。它是正喜庆六十华诞的首都师大响应习主席关于弘扬优秀文化传统的号召，由校领导张雪（常被学生昵称为"雪妈妈"）和宫辉力老师主编，由久仰的老学长、老老乡欧阳中石先生亲笔书写的。

民族文化是国民的共同血脉和心灵家园。我们勤劳智慧的祖先创造了优秀文化，为人类进步作了巨大贡献。我们有理由引以为豪，更应本着有弃有扬、古为今用和为未来用的原则认真承继、努力创新。

学古训有益。以史为鉴才能做到重民本、爱和平、崇正义……古今中外正面反面的有关例证举目皆是。

学古训要科学鉴别。为实现民族振兴和世界秩序合理的美梦，必须学"公平正直""兼济天下""见贤思齐""崇德力行"等美德，而拒绝"重官轻民""世态炎凉""言行不一""文人相轻""同行是冤家"等陋习。

学传统美德和贯彻中央精神一样，要领导（含家长和老师）带头。记得毛主席当年说过，学雷锋的关键就是领导干部带头。在七十多年的人生路上，我体会，让群众做的，干部要先做到，至少同时做到；让孩子做到的，家长和老师要先做到，至少同时做到，这样才能形成好风气，融成强大的正能量。

像本书字这么少的书不多，像本书内容那么难践行的更不多。但我相信，只要咱们不分老幼、级别，同学互动，就可以实现干部爱国爱民、百姓奋发图强，老师和家长好学敬业、学生和孩子天天向上。

2014年6月20日于自北京经天津、济南、徐州去合肥火车上。

青春礼赞
——读《中国梦 我的梦——青春励志故事》—

翻开此书,一个个励志故事让我们热血沸腾,浮想联翩,不禁自问自答起来。

什么样的青春值得纪念?

人的生活都可能朝着不同的方向发展,但共同点之一是都曾拥有青春。习近平总书记说,青年是标志时代的最灵敏的晴雨表,时代的责任赋予青年,时代的光荣属于青年。当下部分青年常哀叹青春飞逝,沉浸在自我回忆中,从《致我们终将逝去的青春》到《同桌的你》,一把鼻涕一把泪,动不动"我老了",动不动"学不进去了";而本书中的先辈们在用自己的青春谱写历史,追求真理、改造社会,留下的是对烽火岁月的感慨和壮怀激烈的礼赞。看来,值得纪念的是将青春奉献给国家和人民,明辨、笃实,为迎接时代的重托作准备,为祖国和人民好好服务。劳动光荣,勤奋致远。

什么样的信念值得坚守?

一些不良的价值观充斥在社会各个阶层,健康的规则被潜规则替代，真情实感在利益纽带前面变得脆弱，而学雷锋口号响，落实少。在市场经济时代，我们应不断调整适应，坚守信念底线。党的十八大报告倡导的核心价值观来自中国的传统文化，又彰显时代朝气，我们应承继、弘扬，用上层建筑的先进武器与不良的社会价值观作斗争。青年代表着民族的未来，应学会保持朝气、磨砺勇气，而不应怨这怨那，在精神上提前进入垂垂暮年。我们可学习书中提到的王选院士、张香桐教授和吕植教授等。他们从事的工作不同，但都献身科学、忠于祖国，言必行，行必果。

什么样的道路值得选择？

人人可以做梦，但美好的梦都离不开爱国敬民。我们党、政府和各行各业都是为人民好。诚如习总书记所说，人民对美好生活的向往就是我们的奋斗目标，可是，最重要的是，青春之花要绽放在祖国最需要的地方。你的选择应和人民的需要一致，人民需要你干的事，不管是内政、外交，不管是在地上、水中、天上，肯定都值得全心全意好好干。

这部《中国梦 我的梦——青春励志故事》记述了数十位典型人物的动人事迹。青年、中年、老年朋友都可以从中找到自己心仪的榜样。

青春万岁！

2014年8月3日于郑州—北京火车上（与刘一鸣合写）

淘尽黄沙始到金
——读《中国梦 我的梦——青春励志故事》二

读这本书让我们联想到中央电视台主持人白岩松的自传《痛并快乐着》。自传讲了他年轻时追梦的故事。"痛并快乐着",也许是大部分美梦成真者的共同感受。

追梦的人常感慨:人只有将寂寞坐断,才可重拾喧嚣。天时、地利、人和缺一不可才能孕育出成功,而奋斗之人无法预见何时方可云开月明。坚持是份辛苦,奋斗之路不可能都是阳关道。无怪乎有报国豪情的民族英雄岳飞也会流露出"欲将心事付瑶琴,知音少,弦断有谁听"的感慨。

梦想能衍生快乐。《道德经》有言:"九层之台,起于累土;千里之行,始于足下。"勤学苦干就可能找到土和路;看着想要的未来一点点靠近,就是快乐。

奥斯特洛夫斯基的《钢铁是怎样炼成的》中,主人公柯察金说:"人最宝贵的是生命,生命对每个人来说只有一次,因此,人的一生应该这样度过:当一个人回首往事时,不因虚度年华而悔恨,也不因碌碌无为而羞愧;这样,在他临死的时候能够说,我把整个生命和全部精力都献给了人生最宝贵的事业——为人类的解放而奋斗。"他高度残疾,被迫卧床,但钢铁般的意志让他找到了文学创作的喜悦。

江山代有才人出，通过一辈又一辈的正能量传递，现代社会涌现出更多值得学习的榜样。共青团中央网络影视中心、中国青年网编著，黄山出版社出版的《中国梦 我的梦》系列丛书生动讲述了劳动、创造、奋斗的青春励志故事。书中有晚清状元与爱国实业家、慈善家张謇，有现今创业领袖——新东方教育科技集团的董事长俞敏洪，有专攻电气的正泰集团董事长南存辉，有"万金油"工程师——皇明太阳能公司董事长黄鸣。他们的成功为人所称羡，他们的苦干更应被关注：张謇，参加过五次会试，俞敏洪参加过三次高考，南存辉初中辍学当过鞋匠，黄鸣七岁开始照顾瘫痪在床的父亲……他们没有在逆境面前退缩，才有了后来的风采。我们要学的，首先是他们的坚持，是他们明志前的淡泊。我们可能不会遇到《青春励志故事》里的主人公那种磨难，但应像他们一样有忠于自己理想的执着。

在某种意义上，今天的青年一代面临着来自家庭、学校和社会的更大压力，《中国梦 我的梦》中的事例可帮助我们正确面对功利化的影响，树立正确的成功观，不惧险阻，勇于求真务实。

千淘万漉的辛苦必将导致美好理想的逐步实现。

2014年8月9日于中国公共外交协会（与徐莎莎合写）

谈古奇为今优　兼并绿肥红瘦
——读韦明铧《世界发现扬州》

扬州是一座举世闻名的历史文化名城。无论是贯通中国南北的世界遗产"京杭大运河",还是连接东西方的"跨洲丝绸之路",都与扬州有深深的缘分。

扬州在古代就闻名于世。从这里走出的鉴真大和尚,在唐代就为日本人所敬仰。意大利旅行家马可·波罗甚至在扬州做过三年总管——大致相当于现今的地方市级干部。如果说,鉴真东渡象征着扬州人勇于走向世界,那么马可·波罗来扬州则意味着世界对扬州一见钟情。中国和外部世界的相互走近中,扬州常常是"聚焦点""中转站"。

徜徉在扬州任一角落,都可能寻觅到古西城的印记。走在扬州老字号"大麒麟阁",你会暗自点赞。麒麟这种实际上并不存在的野生动物,是民间把15世纪郑和船队用茶叶和丝绸从当今非洲肯尼亚和索马里换来的斑马和长颈鹿浪漫地误解为一种灵兽了。这个阁里的"扬州胡饼"则是多少世纪前从中亚引进的美味。波斯侨民从前在扬州东郊五台山聚居过。扬州东南近郊出土的双耳绿釉大陶壶,经鉴定是来自波斯——今日伊朗的陶器。邗江泰安出土过一面唐代打马球图铜镜,而"马球"本是波斯人喜爱的运动样式,后经波斯商人传入扬州，渐渐成为扬州的民俗游戏。这些貌似平常的些许痕迹，无不隐藏着古老"丝绸之路"留给我们的无尽神奇。

扬州的建成时间已有2500年之久。"西湖"不在胖瘦，民心喜爱是关键。扬州人民的爱国传统、"扬州八怪"等学者的标新立异、"小东门外曲江边"的绿色保护，乃至扬州炒饭的色香味早就家喻户晓。

外交为民，路在脚下。扬州公共外交协会成立以来，重视对扬州经济社会发展史和对外交往史的研究和诠释，并怀着对祖国和家乡的热爱，利用文化、名人、经贸等扬州元素，努力向世界推介扬州、推介中国，初步形成品牌效应，本书作者多年的辛勤及本书的问世就是一个范例。

扬州是中国的扬州，是世界的扬州；扬州人民和中国人民爱扬州，外国的有识之士喜欢和向往扬州；未来的扬州兼具古奇今优、绿肥红瘦，肯定更加美好。

2015年2月10日于北京经扬州飞泉州参加"一带一路"建设研讨会途中

最受欢迎的中国人是中医

我特别喜欢中医，用中国俗语讲，有点中医缘分。说夸张一点，没有中国医学，恐怕就没有我。

我出生在山东一个山村，生下来就多病，我们那里没有现代意义上的医院，七八个村只有一个或半个中医大夫，就是我爷爷。我爷爷是农民，会点针灸，所以我们村和邻村的人都来找他扎针，不知治好了多少病。我有好几次就是让爷爷救活的。所以，我不光感谢我爷爷，也感谢我们伟大的中医。

后来参加工作，走过好多地方，更加喜欢中医了。我在非洲工作过九年，非洲54个国家我去过48个，在那里，最受欢迎的中国人就是中医。非洲一个朋友告诉我，差不多每四个非洲朋友，至少有一个人看过中国大夫，其中就包括中医。在非洲，我至少见过有三个国家的总统感谢中医。

我们外交部也出了很多不错的业余中医，如黄桂芳大使，他用手法给外国人治过病，典型的中医外交。外交部非洲司司长林松添也会中医，他把佳木斯一个中医介绍到他驻的国家给总统当了保健医生。这个总统对中国感谢极了，原来都不能动了，后来我去访问时，总统说："感谢你们的中医给我治好了病，现在我愿意和你进行一场乒乓球比赛。"中医的奇迹就是这样。

现在为什么那么多朋友对中国好？原因很多，党中央、国务院的外交政策好，全国人民团结奋斗，国家地位在提高，同时，中医也发挥了不可替代的作用。

我想再强调一下，我们最恨就是恨对中医存在偏见。有个专家告诉我，真正西医学得好的人特别重视中医，另外，真正懂中医的人也会很好地借鉴西医的好处。只有没有学问的人才容易有偏见，才容易傲慢，我们一定要防止傲慢和偏见。

我们有值得中国人自豪、骄傲的中医药历史，不能忘记。同时，在这个基础上，我们要继续前进，把中医发展到更高更好的水平，给中国人民乃至世界人民带来更大的福利，使他们更加健康快乐，活的时间也更长。祝我们的中医中药走向世界，为全世界人民共同的进步事业作贡献。

3月27日，于2015年博鳌亚洲论坛"面向未来：中医药的国际化"分论坛上讲话。

冷静观察为和平为发展

——序中国社会科学院和平发展研究所编《奥巴马政府内外政策调整与中美关系》

学问无国界，学者有祖国、有良知。

对美国历任总统内外政策的研究报告多如牛毛，客观研究美现任总统却相当不容易。参论者要有厚重的学养和一身正气与自信，否则可能会"雾里看花"，误导纯真的读者。从这个意义上讲，多位资深学者撰写的《奥巴马政府内外政策调整与中美关系》值得祝贺。这样的作品会给我们有益的启迪。

世界在进步，但进步的步伐差强人意。自1992年以来，美国是唯一超强，在国际上强调"普世"，自己却常常例外；自我标榜为开放包容的移民国家，却特别"讲政治"、讲美式核心价值观。美领导层历来面临复杂矛盾，但也有"创新"型"软"势力。如何认识这个大国是个古老而新鲜的课题。

本书指出，奥巴马执政的前六年里，美经济实力、军事实力、技术实力、高等教育水平等"可衡量的指标"继续上升，如在开发新能源、可再生能源方面取得了巨大进展，页岩油、页岩气的开发使能源自给率超过80%，截至2014年，美石油产量已超过沙特阿拉伯，天然气产量已超过俄罗斯。

美国人民是伟大的人民。我最喜爱的老师、科学家、诗人、小说家、政治家中，有许多美国人。美综合国力在很长时间仍会稳居高端。但近年来，"美国衰落论"又一次上升，而"唱衰美国"调子最高的是美一些政客自己。如此真真假假的强烈"忧患意识"值得关注。《联合国宪章》规定大小国家一律平等，但有人却坚定地还想"领导"世界一百年，甚至继续干涉别国内政。看懂这一点是理解世界全局的关键之一。

书中说，奥巴马奉行简明的外交原则，用他本人的话来说，叫"不干蠢事"。的确，奥纠正前任的一些做法，如更注重改善与盟友的关系和自身国际形象，发挥"软实力"优势，尽量避免直接动武，更多靠后指挥，努力从伊拉克、阿富汗战争泥潭中抽身等。

同时，美开始所谓"重返亚太"。其实，这个命题很不实在，美一直在亚洲有的地方驻军，什么时候离开过亚太？本书引用日本评论家的话说，美"再平衡战略"并非直接为解决地区国家的安全困境，而是防止其他国家挑战美领导地位。美主动卷入一些地区矛盾、拉偏架，到头来可能会"拿起别人的石头砸自己脚"。

国际关系中，平等对话、互利合作是正道。中美应共同建设不冲突、不对抗、相互尊重、合作共赢的新型大国关系。各国应平等相待。联合国都成立七十年了，好像有的政客迄今未读过《联合国宪章》。

本书的一大特色是，用相当篇幅讨论美内政改革。如，关于医疗改革，本书有文章认为如下经验教训值得借鉴：重大社会改革要有法律基础，要重视与公众的信息互动，经济承受力是医疗改革的核心问题，倡导公平与强调公民社会责任并行不悖……

习近平主席在中央外事工作会议上讲话时要求，看世界不能被乱花迷眼，也不能被浮云遮眼，而要端起历史的望远镜细心观望。过去六年是中美关系史乃至国际关系史上不寻常的六年。冷静、客观地总结过去，有益于更好地应对挑战，更好地维护世界和平和推动共同发展。

这部接地气、连民心的论文集值得细细品读，有的论点可能引发争辩也未尝不是好事。

2015年3月20日初稿于京宁高铁车上，2016年1月3日修订于京郊房山民间外交座谈会上。

快乐向上佳而馨

再过13天,到5月17日,便是孙女李佳馨五岁生日,她的歌曲专辑《我唱小白杨》将问世。我高兴之至,在太平洋上空思绪万千——

什么都是历史的,有什么老师和条件,才可能有什么学生。我小时候不爱说话,因为家里人口少,爸在外抗日,娘操持家务,姥姥住在另一个村庄。爷爷最疼我,从我五岁起,就精心教我拔草、捉虫、放驴……佳馨生活在一个和谐的大家庭,她爱学习,说话早,三岁时的普通话水平就令我感到惭愧。

她给我打过一个电话,我问她:"你在干啥?""我在坐火车旅行。"我一听急了,禾禾、晶晶怎么能让她一个人外出?!佳馨马上说:"火车是姥爷,他在地板上爬,我骑在他腰上,姥姥是售票员。"

四岁时,比佳馨小两岁的弟弟用玩具打她,她当众告发:"佳骏太闹,我'防不胜防'。"我立即召集姐弟俩开会,想用外交套话教他们"和平共处"。不料佳馨抢先问:"什么叫开会?"我答不上来。五十年外交生涯,没遇到过这么难的问题,还是他娘晶晶厉害,帮我解了围:"开会就是有事儿说事儿,别动手。"从那以后,姐弟俩常"开会",有了"巧克"(弟弟还说不全巧克力),

还相互谦让。

佳馨活泼，很早便颇有组织能力，有一次她指定奶奶演小红花，她演小蝴蝶绕着飞，而让弟弟负责鼓掌喝彩。

我为首长和战友的作品写过不少序，为孙女写序则前所未有。这首先要感谢佳馨姥爷对她的精心培育，她姥爷是爱国爱家的好军人，有一次我去土耳其出差，一位维吾尔族华侨青年对我特热情，后来才知道，我是沾了亲家的光。那华侨说："我爱听阎老师的歌，越听越爱祖国，那棵被唱了多年的《小白杨》就长在我的老家新疆塔城。"

我感恩历史的进步，祖国的强大，我出生时家乡被日本兵占着，十八岁才第一次在北京大学吃上大米，用上电灯，见到钢琴和小提琴，碰上那么多好教授，包括给北大学生合唱团义务作指导的李德伦指挥。

祝孙女名如实——佳而馨之，天天向上，团结小伙伴，包括弟弟和所有的小朋友，共享童年的纯真和美丽。

2015年中国青年节于北京飞纽约国航班机上，孙子孙女的奶奶秦小梅同行。

走向中年　上善若水
——序谭巧云《和你在一起》

广州教育工作者谭巧云女士热诚要我为她的新诗集《和你在一起》作序，我真不敢应允。但之前只知道她是散文家小说家，所以又急着翻阅这厚厚的诗稿。

我和这位年轻人有代沟。我第一次陪非洲自由战士去巧云老家湖北学中国农民运动经验时，过了十一年她才出生；我第一次陪非洲朋友去同济大学学毛泽东哲学思想时，她三十一年后才从这所名校毕业；我上大学时同学之间最大的互助就是支援二两粮票（可买一个窝头），她则可为同学叫出租车相送……我羡慕她，我自己已经写不出这种善感的作品，所以在自以为看懂了她的一部分诗后，积习难改，还是在旅途中为她的诗集写下读后感，或所谓序了。

巧云的文字细腻含蓄，行间情长意深。她写同学情、同事情、亲情、事业情、爱国情、求知情……别有韵味。

她把同学情写得真切，说：几年间，同学们"指点江山、激扬文字"，"背负着蓝色梦想，开始最初的跋涉"，"彼此见证了你的成长，我的成长，我们的成长"。

写同事们的共同阅历，她也很动感情，说成功时大家"以最美的舞姿和花一起绽放"，平时相互鼓励莫懒惰，因为懒人"一直站在原地",困难时共同以扎根山崖的松树为榜样。

她写对女儿的爱,让我想起三十多年前我到外交部西郊幼儿园看儿子,以及两周前苦口婆心劝孙子、孙女永远"和平共处"不打架、互相关心同进步的情景。

她为丈夫四十岁生日写的诗让我汗颜,诗曰:到了四十,"惑与不惑,都不再重要",重要的是今后无论多么艰难,多少悲喜,"我们都将静静地携手老去"。我老伴四十岁时正在非洲拼搏,我则往来于数不清多少国家,忙着会谈、会见、交涉、答记者问,竟忘了她的生日。看了这本诗集,我决定等我夫人八十、九十岁时,再为她写首祝贺华诞的顺口溜吧……

特别引起我共鸣的是,她为参加2008年5月12日汶川救灾"流过血、流过汗、流过泪"的人们写的诗,歌颂保护孩子的老师和母亲、为救灾置生死于度外的人民子弟兵,还有一对匆忙离开婚宴手牵手去为伤员献血的新郎新娘。原来,"和你在一起"的最高境界是:"我和我的祖国站在一起,我们和我们的祖国站在一起……千千万万双手握着万万千千双手,不离不弃!"

对本诗集有一点小建议供参考:对"苏格拉底""7·5事件""黄姚古镇"等似可作点注释,以便各行各业的年轻读者更容易看明白。

祝愿巧云在未来的日子里,悉心落实习主席关于文艺工作的讲话精神,创作出更多更好的作品。

2015年5月29日于自昆明经北京去天津民间外交座谈会途中

爱国敬民,抱朴守静
——序忧天客《嘤鸣集》

游学商丘两天里,诗歌散文集《嘤鸣集》伴随着我,让我更认真地领略这座古都和河南大地的文化积淀、优良传统和当代文明建设成果。本书作者是我的年轻学友、哲学教授、大学校长,可能受李白"白日不照吾精诚,杞国无事忧天倾"启发,加上是河南杞县人,便自取"忧天客"为博客昵称。

从本书字里行间看,作者不是像旧时代墨客那样"无事忧天",而是脚踏实地地爱国、敬民、爱家乡、爱学生,为早日实现民族复兴的中国梦而清心寡欲地学,朴朴实实地干。2008年汶川地震后,他悲壮赞叹,"四海协力战余震,万众同心建家乡"。他惦念祖国的和平统一大业。大陆居民赴台湾游首航班机起飞后,他笑逐颜开,"天佑中华逢盛世,笑看神州巨龙飞"。他歌唱家乡"商都商战商业盛,开封开放开新天"。他对人民的爱从他对父母的深情可见一斑,"父母养育恩似海,大爱无言任人评"!

他已退休,但壮心不已,继续发挥余热,全心为祖国培育未来,"痴心不改效春蚕,科教兴国师为先"。为当好师长,他谦逊地在博客中告白,"广交四海友,遍拜一字师"!

他的散文言简意深,倡导言行一致、平等待人、居安思危等先进理念。在"读古典,说官品"一文中,他疾呼,考察任用干部必须坚持"德才兼备,知行统一"原则;在长篇议论河南酒文化时,强调道德和礼仪,含蓄批判公款吃喝等不正之风,颇有针对性……

不论为官为民、为师为生,读"忧天客"这些真心话,品味他的忧与喜,有利于我们更好地理解和践行社会主义核心价值观。

2015年6月20日农历端午节,于自商丘工学院经淮阳太昊陵去郑州车上。

淡泊名利心无愧
——向成思危老师致敬

在飞驰的高铁列车上含泪读《京华时报》关于前人大副委员长成思危教授病逝的报道,我不禁想起1998年和1999年共两次听这位我心仪多年的大经济学家"讲课"。

那两年,我任中国驻美国大使。他两次赴美出差,我都有幸见到他并设便餐接待。出乎我意料的是,我首次在华盛顿见这位国家领导人时发现,他访美竟只是单独一人——没带警卫、没带秘书、没带译员、没带陪同,在我三十多年外交生涯中前所未见。当年国家已要求减少领导人出国的随行人员,但一般部长总可带六七人,更何况一位国家领导人呢?

吃饭时谈及此事,思危老师说,我们是个发展中国家,大多数老百姓还不富裕,我们出国应尽量节省公家开支;我现在身体还好,自己能写中英文讲稿,这样我很知足;我来华盛顿是为了按规定向大使汇报工作,否则还可省些路费……

他的话令我深受感动,深受教育,至今难忘。

饭桌上,我们聊得很开心。他不喝酒,只和我象征性地举了一次杯。我向他请教的问题,他都不厌其烦地详细回答。我从而了解了他做人、做学问的很多优点,包括"勤奋学习,自强不息""淡泊名利，知足常乐""多说真话实话，少说空话套话"，力争"为富国强民做点事"。他也十分谦虚地问了我一些国际形势的事，我尽我所知作了回答。

我第二次接待思危老师才见他带了一位警卫兼秘书陪同，据说这是因为他终于虚心接受了一些人大常委会同事、外交部和我们使馆的建议。

这短短的两堂课，仅有的两面之交，就在许多方面让成教授成了我学习的榜样。祈愿成老师的精神青春永在。

2015年7月12日于京沪杭列车上

兄弟姐妹心连心
——序《中国、非洲和中非关系概况500句》

如果有人问，在五十多年外交生涯中，世界上哪个地区和人民最让你难忘和牵挂？我会毫不犹豫地回答：非洲和非洲人民。

中国和非洲有着同样伟大的古老文明和屈辱的历史遭遇；20世纪以来，中非在争取民族独立解放的斗争中相互支持，主持正义的非洲兄弟把我们"抬进联合国"；当前，中非又面临共同的和平发展机遇和合作共赢的美好前景。

我与非洲有缘。在北京大学读书时，就与乌干达和加纳学友互通书信；1964年，我一进外交部，就多次被全国总工会、外交学会、对外友协借去为来华学习的非洲自由战士做翻译，后来在非洲工作过共十年，到过非洲48国，不久前还重访坦桑尼亚，深情抚摸坦赞铁路东站的铁轨……非洲是我成长为中国外交官包括常驻联合国代表的摇篮之一。非洲人民质朴、勤劳、乐观、善良，永远值得我学习。

作为一名老外交人，我赞赏中非合作论坛中方后续行动委员会秘书处在论坛新一届峰会筹办之际，编写这本内容丰富、言简意赅、中外老少皆宜、大干部老百姓都会喜爱的中非知识读物。收到初稿后，我彻夜抢读，刚天亮就电话年轻同事、非洲司长林松添表示祝贺，并请他对那么好的中外文起草人深表谢忱。我激动地想起任外长时亲历论坛首届峰会的点点滴滴、我和夫人常驻非洲时写给儿子的书信集《黑色是美丽的》、投给《人民日报》赞扬当年被旧南非包围的莱索托的散文《空中花园》、为《天津日报》写的思念祖国的《青春中国》以及不久前哀悼忘年之交、新南非首任总统曼德拉的心里话……

外交人常说："不到非洲怕非洲，到了非洲爱非洲，离开非洲想非洲。"我就是这样一个"典型案例"。直至今日，我睡梦中仍时常涌现一幅幅色彩斑斓的画面：蓝天白云和绿水翠林间，金色的狮群在一望无际的原野上嬉戏；马赛族男女身着艳丽服饰载歌载舞；善良淳朴的"拉菲克"（斯瓦希里语中的"朋友"）离着老远就用中文向我们打招呼说："你好！"；天未破晓，勤劳的人们已奔波在上班路上……这就是非洲，一个充满魅力的大陆，人类文明的发祥地，世界的未来之星。

非洲的另一端紧紧连着我深深热爱的祖国。她历史璀璨。造纸术、印刷术、火药、指南针的发明和汉字、中医药等文化瑰宝为人类进步作出了杰出贡献。一千多年前，盛唐的首都长安人口已逾百万，是各国群英汇聚的"国际化大都市"。据英国一学者考证，公元1500年，世界第一大城市为开封，第二大城市为巴黎……进入20世纪下半叶，在共产党领导下，中国建立了人民当家做主的社会主义制度，实行改革开放，自强不息，用几十年取得西方国家几百年的发展成就。

当中国与非洲这两个古老而年轻的文明相遇后，双方成为天然的命运共同体。六百多年前，中国航海家郑和率船队四次访问东非沿岸多国，比西方早上百年。郑和带去的是平等贸易，开启了中非人民的相互了解，促进了友好交流。他在非洲未殖民过一寸土地，未掠夺过一块矿石，未贩卖过一个奴隶。20世纪五六十年代，中国和非洲人民在反帝反殖、争取民族解放的斗争中患难与共、相互支持，结下深厚的战斗情谊。几十年来，中非在和平发展的路上始终携手并肩，风雨同舟。

2013年，习近平主席就任后首次出访就到非洲，提出了"真、实、亲、诚"的对非工作方针，为全面深化中非友好互利合作指明了方向，丰富了内涵。2014年，李克强总理访非提出了中非"六大合作工程"和"三网一化"倡议，推进了中非新型战略伙伴关系。中非合作前景无限美好而广阔。

中非兄弟姐妹永远同呼吸、心连心。为进一步加深中非人民相互了解和友谊，促进全面共赢，中非合作论坛中方后续行动委员会秘书处精心编写了《中国、非洲和中非关系概况500句》，力求简明、准确、全方位地介绍中国、非洲和中非关系。这难能可贵，前所未有，肯定有助于广大中外读者投身中非友好大业，为中非友谊之树更加枝繁叶茂和未来世界的包容、和谐与繁荣争作贡献。

2015年7月12日于京沪杭火车上

"坛下"小故事

人生无常。离开外交一线后，我出国的机会更多了，主要是应邀参加各种各样的论坛。我在"坛上"论的大多是老生常谈，别人论的也不乏套话。我愿听、愿学、能记住的倒是"坛下"的对话。以下是一小部分例子。

与美国老友的共鸣

我先后在美国工作过六年，到过全美五十个州，同我争论过、成为好朋友的美国同行很多。

2013年9月，我在美正式活动后去见一位前美国大官，大家都年过七十，难得相聚一次，话说不完。我说，你有的接班人好像以为日本最恨中国或朝鲜，其实日本不会忘记1945年8月广岛和长崎的事情。美国人为了本国利益也不要在钓鱼岛问题上偏袒日本右翼，我的年轻同事、中国驻美大使崔天凯说得诚恳："希望美国朋友别搬日本这块石头砸自己的脚！"

我的老朋友握住我的手严肃回应："李，请放心，正像中国人不会忘记1937年12月13日在南京开始发生的事情一样，我们美国人也不会忘记1941年12月7日珍珠港那件事，尽管我们眼下有眼下的考虑……"我们两个老头儿相拥大笑。

爱国者人恒敬之

2013年6月，我去马来西亚参加一个论坛，途径新加坡，正巧听到一位美国高官在另一论坛上影射中国是南海问题的不稳定因素，同时又说对南沙群岛及毗邻海域是中国领土的说法"不持立场"。在场的个别中国人，可能因为没听懂他的美式英文，给他鼓掌，几位中国记者很生气。想不到2014年6月还是那个高官，还在那个地方，变本加厉了，点名批评中国。幸好，我们解放军一位中将当即用普通话点着他的名严正反驳他。有的亚洲记者则讽刺美国至今未加入《国际海洋法公约》，却拿这个条约说事儿，可笑。

这事发生时，几位韩国老友私下告诉我，他们了解美国文化："你们这位将军有勇气为自己的国家仗义执言，会赢得美国同行尊重。"我也悄悄告诉韩国朋友，我跟美国老师学过美国史，知道美国一向注重爱美国的教育；我还知道，外国留学生不爱祖国，在美国同学中都很难交到朋友。

现实是好老师

2007年7月，应新南非创始人曼德拉总统邀请，我去约翰内斯堡参加一个"国际长老会"，发现我在与会者中资历最浅、年纪最小。与会的有美国前总统卡特。我敬重他，因为1979年元旦在他任上实现了中美建交；我感谢他，因为他曾热情邀请我和夫人去他老家做客；我给他提过意见，因为他曾在人权问题上对中国不够公道。想不到这次非正式交谈中，他诚恳地告诉我，主张人人生而平等是对的，但现在有的非洲国家人均预期寿命才三四十岁，做到人人平等将是一个漫长过程。我听后颇受感动。

看来，历史和现实都是好老师，只要勇于面对，人的境界会有所提高。

勤学致远

2014年6月，我与意大利前文化部部长鲁泰利共同主持中意文化外交和创意论坛，鲁在会上照稿讲的话很好，会下单独同我谈的更令我惊喜。

此前两个月看到习主席关于"保护好每一寸绿色"的指示，我又像几年前告诉我外交部年轻同事一样，希望中国公共外交协会和外交学院国家软实力研究中心的年轻同事结婚时一定要小两口一块去栽棵树；树比人长寿，可以象征将爱情进行到底。年轻人说好，我很得意。

想不到这位意大利新友鲁泰利自豪地向我介绍，他任罗马市长时曾成功推动国会立法，规定每个意大利家庭出生一个婴儿，市政府必须为这位新公民栽一棵树。该法1992年生效，2012年又补充规定，每一个婴儿被收养，市政府也必须栽一棵树。这部以他的名字命名的《鲁泰利法》已为意大利增加了十九万棵树。他本人出国访问也爱栽树，一个月前在突尼斯栽了四棵棕榈树。他希望我将来能在中国帮他找地方植树，也邀请我和夫人方便时去意大利植树。感动之余，我又想到习主席最近在上海说要学习各国人民的优秀文明成果，觉得这位部长真有文化，他的先进绿化理念和行动值得我学，而且学了得干。

几天后,在青岛流亭机场我对送行的市外办王珂同志讲了上面的故事。站在旁边的服务员管俊听后说:"我将来结婚时一定和爱人一起去植树。"我听后大喜,立即托王珂负责监督和奖励。我们老中青三代人轻松地达成了共识:保护生态就是保护生命,就是实实在在的软实力。

2015年7月17日于外交学院国家软实力研究中心

历史明镜永高悬，和平发展无遮拦
——不忘历史，坚持世界人民大团结和共同发展

连日来，我含泪阅读和观看《解放日报》、河北电视台等媒体缅怀抗日救国英烈的文章和文献片，不禁想起法国思想家托克维尔的名言："当过去不再照亮未来，人心将在黑暗中徘徊。"

我奶奶、爷爷出生在德国兵占领下的胶州湾畔，我妈妈、爸爸出生在日本占领下的胶州湾畔，我出生在抗战烽火连天的胶州湾畔……我估计，还有不少人有类似的历史遭遇。

2014年7月，我作为中国政府代表在巴黎出席"一战"100周年反思活动期间，在法国高官陪同下去过"一战"中牺牲的中国劳工墓地。"一战"是一场帝国主义集团之间的战争。当时英、法等国只同意中国派劳工去战场帮他们修战壕、抬担架、运弹药。十五万中国劳工中约一万五千人丧生。我致悼词时禁不住老泪纵横："亲爱的同胞们，我来晚了……"那一刻，我更深深觉得，没有和平和祖国的强大，我们活着不会幸福，死了也没有尊严。祖国富强了，我们才有幸福、有尊严，才能同各国人民一起更有效地杜绝侵略战争祸根，同走和平发展之路。

今年是中国人民抗日战争暨世界反法西斯战争胜利70周年，我们隆重纪念是为了避免战争阴影重现，让和平的阳光普照大地，让

我们对走和平发展之路更加充满刚毅的决心和信心。今年也是联合国成立70周年。这个建立在"二战"废墟上的全球最大政府间国际组织首要任务就是维护世界和平与地区稳定。"二战"后各国间联系日益紧密，利益相融，安危与共。但迄今依然有个别国家少数政客罔顾历史事实，公然挑战"二战"后的国际秩序，还有个别国家少数政客试图挑拨战争受害国和发展中国家之间的关系。

中国人民愿同日本和各国人民世世代代友好下去。缅怀主持公道的各国先烈，纪念抗战和反法西斯战争胜利，是为了展示"二战"真相、润泽和平发展愿景。亚洲是亚洲人的亚洲，世界是世界人的世界。各国人民团结起来追求和平与发展的愿望是一致的，必将冲破艰难险阻，走向新的胜利。

十多年前，我访问日本京都万福寺，看到一副对联"法门无内外……大道没遮拦……"后思绪万千，对日本右倾势力美化侵略战争既蔑视又不敢放松警惕，便在日记中写道：

> 大道无遮拦，乏善自作茧。
> 可悲莫过视无睹——远史、近史皆资源。
> 朽木犹可雕，回头金不换。
> 十年八载不开窍，明鉴依然中天悬……

想不到这些话正是此时此刻我的心情和信念的真实写照。

2015年8月7日于飞越太行山的航班上

从小自强，天天向上为祖国
——序黄河故道夏津特教学校画集

我们的母亲河黄河之滨，居住着一群中华民族美丽未来的特殊培育者，包括山东德州夏津特殊教育学校可敬的老师们和袁敬华校长。

他们特殊首先特殊在她们的学生非同寻常。这些学生都天真可爱，但又发育不够健全，甚至不会发声说话。神奇的是，他们在师长的辛勤开导下自强好学，进步飞快。

我大约每年都有幸作为该校名誉校长秦小梅的家属应袁校长之邀，陪中外慈善人士去看孩子们一次。每当一位去年还不会说话的女孩"批评"我：爷爷，你怎么才来呀？！或一位两年前的哑男孩用比我还标准的普通话流畅朗诵"锄禾日当午，汗滴禾下土……"我都会激动得热泪盈眶。

我爱这些一年一个样的孩子。他们预示着祖国在新长征路上不断攻坚克难，从胜利走向胜利；我钦佩这些成绩背后老师们的光荣付出，感恩当地党组织、政府和无数爱心人士的支持。

面前这本特殊学校特殊孩子们的特殊画集，同样令人感动。这些小画家从六七岁到十四五岁，分别患有自闭和智障等毛病。但在老师耐心和机智的教导下，他们竟学会画出了如此多姿多彩的画卷。上个月，我在欧洲参观了举世闻名的大画家梵高和毕加索的故居，看了他们价值连城的抽象派名作。翻阅眼前黄河故道上这些孩子们的画，我突发奇想：这些画恐怕至少不比那些大师们少年时代的作品逊色！这些孩子的快乐成长及其老师们的有效劳动，让我们对美好明天更加充满信心和自豪感。

  祝老师们、孩子们教学相长，天天向上为祖国。

2015年10月10日，自德州经潍坊去青岛西海岸开发区路上。

"我们踏着小路前进"
——序《赤道几内亚简史》

本书作者许昌财与我是北京外国语大学的校友和广州军区牛田洋农场的战友、外交部多年的同事。他让我钦佩的是：在农村爱劳动，当官后无架子，恪守《联合国宪章》关于大小国家平等的原则，注重学习发达国家人民的优秀文明成果，也注重学习发展中国家人民的优秀文明成果。他退休后刚完成《西班牙通史》，又怀着激情写了这部以"我们踏着小路前进"为国歌的赤道几内亚共和国的简史。

他在任驻赤道几内亚大使的近三年里，牢记天安门城楼两侧"中华人民共和国万岁"和"世界人民大团结万岁"的标语，刻苦工作，为中赤友好作出了贡献。他离任前夕，赤总统奥比昂授予他赤独立大十字勋章。他在赤老百姓中也人气很高。

2007年1月，我曾以外长身份正式访赤。这个面积2.8万平方公里、人口约120万的国家，独立后的进步给我留下了深刻印象。自20世纪90年代起，赤经济发展的速度在非洲首屈一指，它是非洲人均国民生产总值高于我国的几个国家之一。究其原因，石油资源丰富固然重要，但纵观全局可看到，保持一个长期稳定的环境和齐心走自己"小路"的骨气兴许更为重要。它已被誉为非洲的"新星"。

赤人民有主持公道的文化传统。我任常驻联合国代表期间，和赤朋友在许多重大国际问题上有共同立场。我尤其感谢赤在新中国在联合国合法席位得到恢复前就顶住一些大国的压力，承认世界上只有一个中国、台湾是中国领土不可分割的一部分。1971年在第26届联合国大会上，赤不畏强权、仗义执言，与另外25个非洲国家一起将中国"抬进"联合国。今天，赤经济发展了，人民生活改善了，但从来不忘老朋友。2008年中国汶川发生地震，奥比昂总统第一时间派外交部长带着100万欧元来华捐助汶川灾区，相当于赤每人捐款1欧元，充分表达了对中国人民的深厚情谊。

随着中赤互利合作的发展，我国想了解这个"赤道之国"的人越来越多。本书翔实叙述殖民主义对这个国家的野蛮欺侮，歌颂赤人民英勇的反殖斗争和建设自己国家的坚毅辛劳，值得欢迎，值得品读。

2015年10月16日于中国公共外交协会中国企业文化走进非洲、走进拉美研讨会后。

爱人民，天天向上
——《鹏城国际礼仪小达人》序

作为一个退休老头，很高兴为儿童读物写序，先讲个小故事：1964年，我刚进外交部，想不到入部第一课是"学吃饭"。我有些纳闷："吃饭还要学？"上了课才知道吃饭大有学问：一、在外交场合，吃饭不能出声。二、参加外交宴请，放进你盘子里的东西要吃完，否则就显得对主人不礼貌、对粮食不爱惜、对厨师和服务员的劳动不尊重。三、宴会是相互学习和交流的好机会，别老是干杯，更不要强劝别人多喝。四、在穆斯林国家干脆不能喝酒，不能吃猪肉。五、在发达国家，女士尤其不能离开座位到别的桌"敬酒"。六、交谈中，不问女士年龄、不问男士工资……

我在联合国工作时，法国代表曾讲过一件趣事。一次，法总统宴请中非帝国皇帝，上了名菜蜗牛，皇帝拿起蜗牛就放进嘴里嚼，差点儿把牙崩掉。总统为了不让客人难堪，也像皇帝一样把蜗牛咬一下吐出来。

这说明讲礼仪要知己知彼。知己就是要知道自己容易犯毛病，要改。知彼就是尊重他人，学他人的正确做法。我们生活在一个地球村，不论是对外国来华的小伙伴，还是我们去国外，都要相互尊重彼此的礼仪习惯，这样才容易交朋友。

我常对外国朋友说：要了解四千年的中国，请去河南；了解三千年的中国，请去西安；了解一千年的中国，请去北京；了解一百年的中国，请去上海；了解现在的中国，最好去深圳，"开放、包容、创新"是今日深圳的"代名词"。

一个国家要走向世界不容易，一座城市也一样。走在"国际化"的路上，深圳不断有新招，编写《鹏城国际礼仪小达人》系列丛书就是创新之举。孩子是祖国和世界的未来，为创造更美的明天，得从小学生抓起，不要在大学里才讲别乱扔垃圾，在干部队伍里才讲别公款喝酒，等孩子变成爸爸妈妈才讲要孝敬老人。

我上大学时，有位美国老师对从我们乡下来的学生格外耐心。她老公、一位中国科学院院士对我们也特亲切。他们教导学生：今天学习好和明天工作好的秘诀之一是"善于交流、敢于交流、在交流中进步"，成功的交流必须真诚待人、平等待人、分寸适当、善于发现别人的长处。我越来越觉得这些话对。

良好的礼仪能帮助你自己和身边的小朋友快乐、健康地长大，成为对中国人民和世界人民有用的人才。

2015年10月20日于自法国飞瑞典途中

《悯农》与李绅人生演变给人的警示

六十多年前上小学的时候，我学了《悯农》这首诗。它简洁生动地反映了农民艰辛的生活，倡导节约粮食，引起我极大共鸣。我生长在山东胶南乡下，六岁就帮爷爷下地干活，对"锄禾日当午，汗滴禾下土。谁知盘中餐，粒粒皆辛苦"有切身体会。

这首妇孺皆知、广受欢迎的绝句，表达了年轻诗人对老百姓真挚的同情心。然而，从文学史上看，李绅以此诗成名，后来却少有关心农民的作品，影响大的诗作也很少再听说。这是怎么了？我疑虑多年。直到两三个月前，我到陕西参观，一位当地学者才帮我找到了答案。

李绅青少年时目睹农民终日劳作而不得温饱，便以纯真和有点激愤的心情写出了千古流传的《悯农》，被誉为悯农诗人。他27岁中进士，进了首都长安，后官至宰相。据传，随着官阶不断上升，他不再注重节约粮食，甚至逐渐腐化起来。对他争议多的是关于他卷入的朋党之争。由于脱离群众、直接参与剥削农民和争权夺利之中，他再也写不出纯朴善良的佳篇了。他后来写了不少应酬诗文，但那都是老百姓看不懂、不喜欢看的了。

可见，一个人年少时很优秀，成年成名后还要自我约束，不忘人民是衣食父母和永远的老师。《悯农》绝唱和李绅的演变至今对我们还有警示意义。

2015年10月31日于北京至青岛火车上（原载于2015年11月20日《中国纪检监察报》）

协调并进　抱团共暖
——序中外企业家联盟手册

　　海水离开海，很快会被蒸发掉；河水融入海，立刻会参与汹涌波涛，势不可挡。中国先哲"人以群居""团结就是力量"和外国学者"跟着团队走得远"等理念都揭示了志同道合能成大事的规律。中外企业家联盟就是中外企业家伙伴们协调、包容的大海。

　　我到过全球186个国家，深知平等互利重要、相互学习有利于释放正能量。联盟在世界经济一体化潮流中应运而生，将服务于新"一带一路"建设，是共享信息资源和沟通交流的纽带，是企业文化和谐共处的港湾。

　　好的港湾会让人们想到安全和温馨的家。传统上，家是人们的栖身、成长之地。对现代企业而言，联盟的家文化看重的不单是企业规模和利润，还看重集社会责任和人品于一身，做行业带头羊，互助互惠共赢，培育和锻炼能创新、重环保、爱中国人民和世界人民的人才，甘做他们的摇篮和攀登高峰的云梯。

　　如此接地气，又志在高远，好。

　　联盟主席滕和显通过外交部工会前主席陈荫三要我为联盟的册子作序，我诚惶诚恐，唯祝愿联盟快乐长大，做中外企业家名副其实的家，为祖国人民早日建成小康社会与世界和平、共同发展大业多尽心尽力。

2015年11月21日于中国公共外交协会

祖国万岁，家乡可爱
——序《从天津走出的新中国外交官》

《从天津走出的新中国外交官》一书很有意义。天津是伟大祖国可爱的一部分，从天津走出许多新中国第一代外交官，如黄华、章文晋、曹克强等和更多正活跃在全球的现任外交干部。

本书未提及的老外交家中有，几位的教导使我受益终身。

首先是南开大学爱国学生领袖、新中国首任总理兼外长、中国人民外交学会首任名誉会长周恩来。1964年我一到外交部，领导就传达总理指示：外交干部是党中央和毛主席指挥的不穿军装的军队，必须"站稳立场、掌握政策、熟悉业务、严守纪律"。在外交学会工作时，领导则再三嘱咐，学会创始人周总理强调在学会要突出一个"学"字，要边干边学，终生学习。

在天津读过小学的钱其琛做过外交部新闻司司长、副外长、外长……直接领导我十多年。我当临时代办去驻莱索托使馆常驻前向他道别，他见我有畏难情绪，便说："和全馆同志一起吃饱饭、好好干，能行。"短短几秒钟的指示给了我巨大力量。给新闻司司长马毓真做助手任副司长兼部发言人时，我又缺乏信心，便向钱老建议，可否只由马司长任发言人，我和另一副司长任副发言人，钱老表示：发言人都按政策、按授权说话，不要分正副了。

二十多年前组织上让我任部党委书记兼副外长，早年在天津参加革命的田曾佩老书记极为简洁地向我传授经验："一定要同中央保持一致，党委一定要团结。班子里有不同意见一定要当面讲，互相表扬的话可背后说。"

书中写到老前辈黄华也让感到亲切。我2007年离开外交部不久成了中国国际友好联络会会长，据说这是黄老会长弥留之际在病榻上向上级推荐的。我小时候说话害羞，工作后也不大习惯在人多的场合讲话。我第一次向公众介绍国际形势是在广州市委党校，是黄老的夫人何理良陪我同去，把我"逼"上讲台的。

从天津走出去的年青一代外交官大多是我熟悉的战友和同事。他们对我帮助良多，我永远感谢。

老一辈和新一代新中国外交官的共同点是对祖国和人民的忠诚和对家乡的热爱，并将这种爱转换成维护国家主权、维护世界和平和推动共同发展的动力。

我觉得，眼前这本书的初衷便是通过挖掘天津的人文传统、爱国传统、革命传统，启发人们对祖国和家乡的自豪感，激励我们勤学实干、创新地干，让民族复兴的伟大中国梦早日成真。

英国诗人拜伦说："世界像一本书，如果一个人只见过自己的国家，等于只读了这部书的第一页。"不妨说，外交官可能是多读了几页"世界"书的人,讲他们的故事也是讲世界与中国的故事。故事里有纵横捭阖的斡旋、处变不惊的担当、小我的悲壮牺牲和润物无声的心领神会……希望这些故事能让青少年读者进一步理解和拥护首都天安门城楼上毛主席像两侧的口号:"中华人民共和国万岁""世界人民大团结万岁",也能更理解和拥护习主席2015年9月3日在天安门城楼上高呼的口号:"正义必胜,和平必胜,人民必胜。"

2016年3月25日写于第15届博鳌亚洲论坛,修定于2017年1月26日北京中国公共外交协会。

刚毅坚卓　为国争光
——国际篮联永远荣誉会长程万琦口述史、程桂芳著《担当》序

我离开外交一线多年后，于2014年7月在我国第二大岛海南巧遇程万琦先生。感叹相见恨晚之余，我们发现我俩同龄，而且从小都爱打篮球。不同的是，他后来成了篮球健将和篮球界最高领导，当过亚洲篮球协会、国际篮联主席，创造过个人罚球连中144个的记录。我呢，最高是上初中时当过班篮球队副队长，罚球曾三罚两中；在外交部新闻司工作时，还在篮球赛中输给了行政司队。这些都是小事。我最敬重程先生的是爱祖国、爱家乡的深厚情怀，是他"我作为一个中国人，血浓于水，要对国家忠心"的誓言，是他关于体育比赛要讲爱国、讲团结、不贪图个人名利的先进理念。他迄今已到过全世界168个国家，不管走到哪里，心中都想着祖国、家乡、亲人、战友……我迄今已到过186个国家。在国外，我的感受和程先生一模一样。

我昨晚一到三亚便有幸收到《担当》样书和程先生的热情来信，立即想到我的一句老话：体育无国界，运动员有祖国。也想到哲学史上的一句套话：任何事情都不是偶然的。程先生

能脱颖而出，成为国家、亚洲、世界篮球界的师表，为祖国争气增光和广交朋友，为同胞、亲友和同事增添团结奋进的正能量，肯定也不是偶然的。看看这本难得的回忆录、看他刚毅坚卓为国勤学和拼搏的历程就会知道。

2016年5月23日于海南三亚

世界无末日，大道无遮拦
——序《美国独行：西方世界的末日》中译本

北大老校友和从事民间外交的小同志姚遥利用春节假期和平时的深更半夜翻译了一本"不是新书的新书"——《美国独行：西方世界的末日》，真为他学习有成、劳动有为而高兴。说这本书不是新书，是因为原作在美国初版于2006年。恰在那一年，我作为中国外长出席了第61届联合国大会一般性辩论，以"加强对话合作，共谋和平发展"为题作了主旨发言，其中一段话至今记忆犹新：

> 国际社会特别是发达国家应增加发展援助，促进国际贸易和技术转让与投资，更广泛地减免债务，更多地支持发展中国家，尊重发展中国家在本国发展问题上的主导权。

没有共同的发展，世界的和平与进步就不能持久。美国个别保守派学者十年前对于世界局势的预言，有的有点根据，另一些则有失偏颇，但都是为美国的政治和经济利益发出声音。美国是个主张"言论自由"和"多元化"的国家。我在美常驻期间曾经走遍其五十个州，认真倾听各种声音，觉得都有参考价值。

美国是个特别讲政治、特别有"忧患意识"的国家。年轻的马克思早在1842年就说过，当欧洲人昏昏欲睡时，美国人在拼搏创新。后来美国在经济上果然超越了欧洲。这本书探讨西方末日，反映了美国独特的对于自己能否永久"领导"全球的"忧患"。这书值得看，但具体观点要仔细甄别，尤其是将"末日"归因于西方文明与非西方文明，特别是与伊斯兰文明的冲突。这一结论，至少根据《联合国宪章》规定的宗旨和原则，人们很难认同。

今年1月，习近平主席风尘仆仆地访问了中东三国，在会见伊斯兰合作组织秘书长时表示中国和伊斯兰国家有着天然的传统友好关系，中国是伊斯兰国家的好朋友、好伙伴、好兄弟；中方和伊斯兰合作组织开展友好交往四十多年来确立了不同文明、不同宗教、不同社会制度的相处之道，共同扬正抑邪，正本清源。在阿拉伯国家联盟总部发表演讲时，习主席强调"中国将继续毫不动摇支持中东、阿拉伯国家维护民族文化传统，反对一切针对特定民族宗教的歧视和偏见"。中华文明与阿拉伯文明各成体系、各具特色，但都包含有人类进步所积淀的中道平和、忠恕宽容、自我约束等理念。应该开展文明对话，倡导包容互鉴，挖掘多样文化传统中的正能量同当今时代的共鸣点。

我的老乡孔子说"君子务本，本立而道生"。我体会，"本"就是人类的共同利益。世界的可持续发展不可能建立在少数国家越来越富裕而多数国家长期贫穷的基础上。与其整日担惊受怕被其他文明取代，或者给其他文明扣上"威胁论""崩溃论"等帽子，不如好好思考如何以己之长支持别国更好地自主发展。中国的优秀传统是己欲达而达人。我们正在与沿线国家推进"一带一路"建设，诚恳希望同包括伊斯兰国家在内的世界各国深化利益融合，平等互利，抱团发展。

眼下，美国正处于热火朝天的大选季节。但不管谁上台，都是美国总统。外国人不必太在乎选谁不选谁，谁上台都不代表你的祖国。就我们中国而言，只有我们党、我们政府、我们广大群众才会把中国人民和世界人民对美好生活的向往当作奋斗目标。

翻阅这本译著，我还联想到开展公共外交时要把个别政客与广大民众区分开。1999年11月，我在美国有感于华盛顿特区的纷纷扰扰，写了一首题为《政客寡欢》的小诗：

国内奢谈民主，国外争当领导。

阴阳失调，心情难好。

我不信鬼，只信"神"。我的"神"是正义、和平、人民；鬼则擅长躲着"神"或与"神"对抗，总想自己在世界上当头儿、自由"横行"，恐怕最终只能是形单影只、郁郁寡欢。人民至上。为人民主持正义、维护和平和共同发展、坚持"己乐乐群"，世界不会有末日，"神"必胜！

姚遥博士以做公共外交为己任，为了和更多同胞一起有针对性地讲好中国故事，他在当了大学老师后仍勤学苦练，不知疲倦地翻译外国同行的书，包括眼前这本著名加拿大学者的著作。

2016年6月21日于北京飞纽约途中

如何看待当前的南海形势

中国人民早在两千多年前就在南海有了生产活动。中国很多历史典籍，如东汉的《异物志》、宋代《岭外代答》和明代的《顺风相送》等都明确记载了中国最早发现、命名并开发利用南海诸岛及相关海域的情况，包括准确描述南海诸岛的地理位置和地貌特征。中国历朝历代通过行政设治、军事巡航、生产经营、天文测量、地理调查、海难救助等手段，对南海诸岛和相关海域进行了持续、和平、有效的管辖，这在很多中国古代地方志和官方地图中有明确记载。在漫长的历史进程中，中国确立了对南海诸岛的主权和相关权益。我建议学者们找机会去一下中国第二大岛海南的海口市，那里的南海研究院收藏有很多关于南海的历史文物。

在20世纪30年代以前，英、法、日、美等国出版的一些书籍也记载了中国人民在南沙群岛的生产生活情况。二战期间，日本曾一度占领西沙群岛和南沙群岛。战后，中国当时的民国政府予以全部收回，并于1946年进驻南沙主岛太平岛等岛屿。1948年，中国政府对外公布标有南海断续线的地图。中华人民共和国成立后，中国政府采取立法、行政设治、外交交涉等措施进一步维护南海的领土主权和海洋权益，比如1951年8月发表的《关于英美对日和约草案及旧金山会议声明》、1958年9月发表的《中华人民共和国政府关于领海的声明》和1959年3月设立的"西沙群岛、南沙群岛、中沙群岛"办事处等。二十世纪五六十年代，美国曾通过外交询问、申请测量、通报航行飞越计划等方式，显示其对中国对南沙群岛的主权的承认。

南海问题开始成为"问题"，是在上世纪六七十年代。那段时间在南沙群岛附近海域发现了大量石油储藏，此后，《联合国海洋法公约》对大陆架和专属经济区制度作出了规定。这些岛礁、海域的战略和经济价值立即凸显。在此背景下，菲律宾、越南等国相继对南沙群岛及其附近海域提出主权要求，派兵侵占南沙群岛部分岛礁，填海造地，部署武器，建设民用设施，还在周围海域大肆开采油气等各种资源。这片长期宁静的海域逐渐引人关注。

作为南海最大的沿岸国，中国一直致力于实现自己的和平发展，最不愿看到的就是包括南海在内的周边生乱生战。中国政府在坚定维护在南海领土主权和海洋权益同时，始终致力于同有关直接当事方在尊重历史事实的基础上，根据国际法通过谈判协商解决争议；在争议解决前通过规则机制管控争议，维护本地区的和平稳定。

为此，中国与其他南海周边国家进行了坚持不懈的外交努力，取得了积极成果。例如，中国与东盟国家经过多年的密集沟通和协商，在2002年11月签署了《南海各方行为宣言》。宣言的主要内容包括：承诺由直接有关的主权国家通过友好磋商和谈判，以和平方式解决领土和管辖权争议，而不诉诸武力或以武力相威胁；承诺共同维护在南海的航行及飞越自由;承诺保持自我克制，不采取使争议复杂化、扩大化和影响和平稳定的行动，以建设性方式处理分歧等。宣言签署以来，中国与东盟国家先后举行了12次高官会和17次联合工作组会议，落实宣言精神，开展中国海上务实合作，启动"南海行为准则"磋商并取得进展。

中国与有关声索国（指声明索取某地区领土主权的国家）也开展了双边磋商与合作。中越双方通过平等协商划定了两国在北部湾的领海、专属经济区和大陆架界限。两国的双边关系指导委员会每年都举行会议，就妥善处理海上争议、推动海上合作进行探讨。中越已开展北部湾湾口外的共同考察，并建立工作组研究北部湾和南海更大范围的共同开发。中菲通过南海建立信任措施工作小组等渠道多次磋商，就在南海保持克制、不采取可能导致事态扩大化的行动等达成过共识。中、菲、越三国还于2005年签署《在南中国海协议区三方联合海洋地震工作协议》。中国与马来西亚、印度尼西亚、文莱也一直就妥善管控南海局势、推进海上合作保持密切沟通。

在中国与周边国家的共同努力下，南海局势长时间总体保持稳定。南海目前是世界上航行最自由、最安全、最繁忙的海上通道之一，每年约有十万多艘船只承载着世界70%以上的国际贸易在南海安全、自由地通行。从上世纪90年代初至2015年，中国与东盟国家贸易总额从不到80亿美元增至4722亿美元，增长约60倍。东南亚大部分国家的经济总量也都增长5倍以上。实践证明，国家间存在领土和海洋权益争议并不可怕，只要各方本着友好真诚、互谅互让的精神，坚持谈判协商管控和解决争议，是能够推进各领域合作、实现互利共赢的。

最近南海问题引起世界关注，一个重要原因是菲律宾于2013年

1月单方面提起所谓的南海仲裁案,将中菲南海争议提交国际仲裁。

其实,中国和菲律宾早已在双边关系有关文件中多次确认"通过谈判解决南海有关争议",中、菲两国都签署了的《南海各方行为宣言》中也明确规定"由直接有关的主权国家通过友好磋商和谈判,以和平方式解决领土和管辖权争议"。菲律宾将中菲南海争议提交第三方仲裁违背了这些承诺,侵犯了"约定必须遵守"的原则。

《联合国海洋法公约》280条和281条明确规定缔约国有自主选择争端解决方式的权利。中菲之间已就通过谈判解决南海争议做出明确选择并排除了其它解决方式,《公约》规定的第三方强制争端解决程序根本不适用于中菲关系。菲提起"强制仲裁",侵犯了中国作为《公约》缔约国的合法权利,也违背了国家同意原则。

菲提起仲裁的有关事项涉及是南沙群岛部分岛礁的领土主权问题,是中菲海洋划界不可分割的组成部分。领土问题不属于《公约》的调整范围。2006年中国根据《公约》第298条做出了排除性声明,将涉及海洋划界等方面的争端排除在公约争端解决机制之外。包括中国在内的30多个国家做出的排除性声明,构成《公约》争端解决机制的组成部分。菲通过恶意包装,规避中方排除性声明,是在滥用《公约》争端解决程序。

由此可见,菲律宾单方面提起的所谓仲裁案本身就违反了中菲双边协议、《公约》规定和国际仲裁一般实践,是非法的。菲此举不是为了解决与中国的争议,而是企图借此否定中国在南海的领土主权和海洋权益,以此掩盖非法侵占中国南沙群岛部分岛礁的事实。菲方希望通过炒作南海争议和发起"滥诉"给中国扣上"不遵守国际法"的帽子,这完全是法律外衣包装下的政治挑衅,严重毒化了南海问题的气氛,破坏了在南海地区适用的国际规则,也破坏了通过谈判协商和平解决争议、共同维护南海和平稳定的努力。

中方从一开始就采取了不参与、不接受这一仲裁的立场,坚持直接同当事国通过谈判协商解决争端。应菲单方面请求建立的仲裁庭从一开始就缺乏存在的法理基础,对有关事项没有管辖权,其自行越权做出的裁决是无效的,没有拘束力。中方不会接受裁决结果,不会接受任何以裁决为基础的主张和行动。中国这一立场完全符合包括《公约》在内的国际法,是尊重国际法、维护《公约》完整性和严肃性的行为。我们欣慰地看到,中国的这一立场已经得到了约六十个国家的支持。孰是孰非,公道自在人心。

南海问题牵涉历史、地理、人文、法律、国家利益和民族感情等诸多因素,复杂敏感,理应由南海周边国家进行协商解决。令人遗憾的是,近年来,个别域外强国越来越多地表现出对南海问题的"过度关心"。它们的一些高官无论是双边交往还是参加国际会议,逢人必谈所谓南海安全问题,似乎南海已经是一片乱局,航行不自由,草木皆兵。然而事实是,南海数十年来保持着总体稳定和安宁,未出现过航行自由受到威胁的事件,比世界上其他很多地方太平得多。真正了解南海局势和有关经纬的人们都知道,所谓南海安全和航行自由问题只是个别域外国家为介入南海问题刻意制造的借口而已。

有的国家不肯加入《联合国海洋法公约》,却喜欢以《公约》为依据指责中国。更令人费解的是,有人指责中国1948年公布的南海断续线主张不符合1982年通过的《公约》。一些人反复批评中国在南沙群岛自己的领土上进行岛礁建设是"改变现状"和"搞军事化",而对越、菲等国在非法侵占中国的南沙岛礁上部署大量武器却视而不见;一些人指责中国民事执法船只对黄岩岛正常的渔业管理活动是"以大欺小",却忘记了2012年菲军舰在黄岩岛海域对手无寸铁的中国渔民强施暴力。这种双重标准的攻击和指责显然是夹带着私利和险恶阴谋。

一段时间来,某大国明显加强在南海周边的军事部署,还和某域内国"肩并肩"联合演习增加了"失岛夺回""联合巡航""油井防护"等颇费心计的科目,其舰机多次抵近甚至进入中国南海有关岛礁邻近海空域,侵犯了中国主权和安全。这些行动才真正威胁南海和平稳定和航行自由,导致南海"军事化"。

早在2014年的中国—东盟外长会上,中国与文莱等东盟国家就积极倡导解决南海问题的双轨思路,即有关争议由直接当事国通过友好协商谈判寻求和平解决,而南海的和平稳定则由中国与东盟国家共同维护。这是有效管控和妥善处理争议,保持地区和平稳定的正确途径。我们真诚希望域外国家能尊重地区国家的努力,而不是挑拨离间和直接破坏稳定。

南海的和平稳定是中国的重大利益所在,也是所有南海沿岸国和南海航道使用国的利益最大公约数。中国一贯遵守《联合国宪章》的宗旨和原则,尊重和践行包括《联合国海洋法公约》在内的国际法,坚持通过谈判协商解决争议和管控分歧,真诚维护各国依据国际法在南海享有的航行和飞越自由,致力于把南海建设成和平之海、友谊之海和合作之海。我们坚信正义必胜、和平必胜、人民必胜。

2016年6月25日

不忘初心　永葆青春
——序年轻同事卢永华大使回忆录

原驻奥地利大使卢永华比我年轻，我羡慕他。1965年，我进外交部的第二年，通过同乡兼同学他二哥永健（翻译家）才认识永华。

那一年，这个出生在山东昌潍地区的小山村，政治、代数、汉语和体育都成绩好的高中生被公派到当时的民主德国留学，之后长期在驻德语区国家使馆工作，随着日月的流逝和自己的刻苦努力成了资深外交官。他亲历了中德关系变迁、柏林墙倒塌、东西德统一、欧盟建立等历史事件。他对国际和地区形势的思考相当深入。他任大使期间，贯彻中央外交为民的理念，广交朋友，热诚推动经济、社会和文化等领域的平等互利合作和人民友谊，得到广泛赞誉。

永华听党的话，牢记祖国的养育之恩。他母语学得好，德语水平高，曾为几代中央领导同志做口译。他虚心学习中外同事的优点，并把工作中遇到的困难和艰险也当作老师，坚定自己对人民的忠诚，提高捍卫祖国核心利益和维护和平、主持正义的能力。

值得一提的是，永华的夫人张志京是毕业于解放军艺术学院的舞蹈家，嫁给一位外交官后，毅然华丽转身，在国外全心做好夫人外交，在国内热心公益事业。

永华同志的回忆录即将问世令人高兴。我由此记起著名美学家北大老师朱光潜的一句话："每个人的生命史就是他自己的作品。"我觉得，永华这部书正是他生命史中宝贵的一部分，其对我的最大启迪是，不忘初心，才能永葆青春，不断为祖国和人类进步提供有效劳动。劳动光荣，勤奋致远。

2016年7月22日于北京、济南、上海火车上，2017年1月25日修定于中国人民外交学会。

比肩先贤　为民作画
——序徐墨然《现当代美术名家启示录》

我与墨然仅有一面之交，可他的国画《中国的钓鱼岛》一下子抓住了我的心，他以写实的笔法传递出亿万中国人的心声和正义的强音。

墨然虚心好学，他和堂叔徐悲鸿大师从未谋面，却一直刻苦效仿堂叔爱国敬民的价值观和扎根民众、画润民生的艺术观，现在又以广阔的视野写出了《现当代美术名家启示录》，难能可贵。

北大一位老同学还告诉我，墨然不仅才华横溢，诗书画印无所不能，而且极有社会担当，热心公益，多次慷慨捐助困难群体，真叫德艺双馨。

日前，墨然让我为眼前这书作序却有点儿哪壶不开提哪壶。很惭愧，我对美术史所知甚少。我上学时最喜欢代数、物理、体育……考试得分最少的往往就是美术。

好在连夜通读他这部言简意明的大作后，我立即觉得受益匪浅，原来画道、艺道和其他各道颇有相同之处，"本立而道生"。天下最大之本就是习近平主席所说的"人民对美好生活的向往"。读一读这本书有利于青年读者加深对这一伟大理念的理解，也有利于美术家为心作画、为民作画，让自己艺术之路更加绚烂多彩。

2016年9月23日写于北京东交民巷中国公共外交协会临时办公室

祖国处处可爱，各族同胞团结为重
——援疆老兵陈锐军《南疆飞鸿》序节选

在五十多年课外和业余阅读生涯中，我最深的体会是，自己只有一个母亲、一个祖国，在母亲和祖国膝下，自己是永远长不大的孩子，正像在知识面前自己是永远毕不了业的小学生。我学过两三种语言，但六十岁上第六次到新疆才学到"维吾尔"是"团结"的意思。这种走路越远越发现自己知识不够的例子举不胜举。

新疆维吾尔自治区是伟大祖国可爱的一部分。它有些地方，如南疆，自然条件较差，发展相对滞后。为实现各民族共同富裕，中央让发达省市、中央部委和企业对口支援新疆。我工作过四十三年的外交部和生我养我的山东半岛也多次向新疆和新疆生产建设兵团选派有培养前途的干部去挂职锻炼，这对受援单位和援方都有好处。

从2009至2010年，一央企负责人陈锐军被派往和田任职。可能因我们都热爱援疆，我和他在一个偶然机会相遇，一见如故。

锐军同志有激情，上班工作勤奋，下班后笔耕不辍，写了大量接地气的文章，在新华网等媒体发表。依依不舍离开南疆后，他反复推敲，十易其稿，出版了记述在疆亲历亲闻的《南疆飞鸿》。这书我看过两次，有一次是在安徽。我连夜将书看完时，天都快亮了。我叫醒老伴小梅，热诚向她推荐这本书。我有个习惯：遇到好书立马儿看，看完后尽快转送亲朋好友。那天上午我对作者锐军说："锐军，我要起诉你！"一句话把锐军说愣了。我笑着解释："你的书让一个七十多岁的老人彻夜难眠，你于心何忍？"能让我手不释卷，一气读完的书并不太多。此前，我曾因特喜欢文学家王蒙的一长篇散文，而在联合国出差期间没休息好而"威胁"要"起诉王蒙"。

锐军给我留下的印象是"有情有义有担当"。他对新疆这片热土感情深厚。他为当地各族人民的淳朴、善良所感动，一提新疆就有说不完的话。他说过："我已经把援疆当做自己终生的使命。"返京工作后，他仍时刻关心新疆，用多种形式赞美新疆，找各种机会回新疆。

为让国内外尤其是没去过新疆的读者对新疆有"零距离"的认识，锐军最近又努力将《南疆飞鸿》加以充实——从他拍摄数以万计的照片中选进一批，并补充了若干他和各族朋友交往的故事，将一个更加生动丰满的新疆呈现在我们面前。这肯定会为我国各族人民更紧密地团结在以习近平同志为核心的党中央周围与时俱进增添正能量，也会让各方人士更加向往美好的新疆。

2016年10月26日初稿于北京中国公共外交协会，2017年2月12日修定于自山东胶南去广东东莞路上。

饱含热泪的四十年美好回忆
——悼念我的外交生涯领路人钱其琛老首长

2017年5月4日，得知敬重的钱其琛老首长病危的消息后，我马上赶到医院探望。抢救取得一定效果后，第二天我又去医院，和钱老夫人周寒琼——也是抗战期间入党的老革命相互安慰了半天。不料9日晚，我外交生涯的领路人、记忆中永远亲切的"老钱"永远地走了。思绪伴随着泪水不住地涌动，我回想起在自己的外交生涯中，从这位伟大的外交家身上学到的数不尽的点点滴滴。

第一次认识和唯一一次开玩笑

整整四十年前，我第一次见到老钱。1977年初夏，我在解放军农场锻炼近三年、在非洲常驻近七年后调到外交部新闻司任科员。当天，我们处的党小组长方平带我去见司长。在司长办公室，发现多人在谈工作，我全不认识。方平指着其中一位说，他就是司长。我马上说"钱司长好"，结果在场的人都笑了。我不知道他们笑什么，以为是笑话我的山东口音。后来才知道，外交部的上下级关系非常淳朴，当时新闻司所有的同志都叫司长"老钱",我成了第一个叫"司长"的,而"老钱"则称呼大家为小张、小王、小李等。

从那以后,一直到他担任国务委员、副总理,他仍喜欢我们叫他"老钱"。记得他离休后我第一次见到他,称他"钱副总理",他幽默地回应:"小李,怎么回事儿?几个月不见,你中文水平下降这么快。四个字错了仨,我不是副总理了。"

我记得,这是四十年里他唯一一次同我开玩笑。

领我走上发言人之路

1982年,老钱是外交部新闻司司长,我是新闻司的一副处长。3月,时任苏联领导人的勃列日涅夫发表讲话,传达出愿意改善对华关系的信息。邓小平同志捕捉到这一信息,指示外交部予以正式回应。3月26日,钱其琛司长主持了新中国外交部第一次新闻发布会,当时外交部没有专门召开发布会的场地,甚至连专供发言人和记者坐的椅子都没有。"老钱"站在现场,几十位记者簇拥着他,听他发布了简短有力的三句话声明:"我们注意到了3月24日苏联勃列日涅夫主席在塔什干发表的关于中苏关系的讲话。我们坚决拒绝讲话中对中国的攻击。在中苏两国关系和国际事务中,我们重视的是苏联的实际行动。"我有幸在他身旁担任翻译。可以说,老钱是新中国政府部门的第一位正式的发言人。后来,外交部从1983年开始建立了发言人制度,我从1985年到1990年担任了六年外交部发言人,"老钱"一直是我的榜样。

记得刚通知我当发言人时,马毓真同志是司长,我是他的助手,副司长。我信心不足,曾在第一时间建议可否把司长称为发言人,把副司长称为"副发言人"。"老钱"当即驳回我的建议,说发言人别分"正、副",也不必叫新闻发言人,发言人都是实事求是地发布新闻,严谨地介绍有关政策。

"吃饱饭,好好干,没问题"

1983年5月,我由副处长晋升为一等秘书,被派往刚同我建交的南部非洲国家莱索托王国任临时代办。在大使到任前,临时代办是使馆的首席外交官和馆长。这是我第一次担任这么重要的工作,心中没数。临行前,我带着笔和本儿去找"老钱",请求指示。他在办公室站着对我说:"去非洲挺好,和全馆同志一块吃饱饭,好好干。祝全馆同志都好。"不到半分钟,谈话结束,我的笔和本儿都没用上。我努力理解和贯彻老钱这句指示,与全馆同志紧密团结,解决了一些难题,特别是当时环境下的安全问题,较好地完成了各项任务。半年后,这个官兵只有六个人的使馆被部党委评为先进集体。

含蓄的批评

我当新闻司副司长时,为加强中日新闻交流,应日本外务省新闻俱乐部邀请,经马毓真司长建议,部里批准由我任中国新闻代表团团长访日。报名参团的都是国内大报的资深记者,很多人的"行政级别"和我差不多。我觉得自己当团长没底气，就去向"老钱"建议我当副团长，另外找个级别高的当团长。"老钱"简明扼要地说："团长你不当，那你自己提个人选上报。"我当过发言人，自上大学后天天读《人民日报》，还常给它的副刊投稿，跟人民日报社比较熟，就请他们派一位正部级的社领导来给我们当团长。可是问题又来了，这位领导是可以坐飞机头等舱的，可我又不好意思要求日方增加机票费，而外交部按财务规定也无法给这位领导报销机票差额，我只能又去找"老钱"。"老钱"说："这事儿是你自己弄出来的，自己去解决吧。"最后，是《人民日报》把这个问题解决了。

当时我并没意识到"老钱"对我说得话有什么深意。直到很多年后，我学习十八大精神和习近平总书记关于党员干部要敢于担当的讲话，才突然想到三十多年前"老钱"的教导实际上是含蓄地批评我缺乏担当。他提示得早，但我觉悟得晚。

谆谆嘱咐

我2001年从驻美国大使任上回国后，任外交部副部长、党委书记。钱副总理专门叮嘱我担任书记的注意事项：第一，和党中央保持一致，加强组织纪律性；第二，党委班子要团结，首先一、二把手要团结。为此，党委会上有不同意见要会上说，对同志有批评意见要当面提，不要背后议论，赞扬的话倒可以背后讲。这和曾任党委书记的老前辈田曾佩嘱咐我的完全一致。

2003年，我被任命为外交部长。我请教"老钱"：我一个从乡下走出来的孩子，从未想过当外交官，更没想过能当外长。您对我有什么指点吗？他说：不要把官衔太当回事，外交部长的任务很简单，就是"为人类谋和平，为祖国交朋友"，要多学习，向群众学习、向老前辈学习，同时要多发现年轻干部的优点，向年轻同志学习……他这些话对我而言重如泰山。

直截了当的批评

有一年，我陪同"老钱"出席联合国大会。他找我谈话，问为什么他到联合国出差得到的津贴费比到非洲、亚洲国家多。当时，我也不知道此事，便向安排会务的礼宾官了解。得到的回答是，到联合国开会更要多了解情况，就增加了点买报纸、打电话的津贴。老钱听到这个解释，当即批评说，这个说法没道理，这个津贴我不能要。我什么时候出差自己买过报纸、打过电话？这你还不知道吗？你为什么不管？

身教胜于言传

"老钱"当新闻司司长时，我见过他上班自己去打开水。当了部长，他的办公室也很小，没有洗手间，没有大沙发。

"老钱"很务实，一切从工作出发。他当部长的时候要求礼宾务必从简。外事宴请不要总碰杯，主、客双方的一把手各举杯一次就可以了。时间宝贵，要抓紧交流，多学习人家的经验，多介绍我方立场和有关情况，在涉及祖国核心利益的问题上甚至要利用宴请机会进行有理有力有节的交涉。我多次陪同他参加公务活动，从未见过他向中方领导人和同事敬酒，也未听过他说无用的客套话。

平时，"老钱"经常加班加点，在出国的飞机上也总是忙着开会讨论问题、反复斟酌文稿。他对下级要求严，对自己要求更严。经他审批、审核的文稿，常常被改得像"披头散发"一样。时任副司长、他的第一助手晏鸿亮曾提示过我：学习"老钱"的政治水平和业务水平，最好的途径是多看、多琢磨他亲手改过的文稿。他改每个字、每个标点都用心良苦，甚至可以说都体现着对祖国、对人民的忠诚和对工作的高度责任感。他改过的稿子上不会有什么过头话、大话、空话。老晏领导这提示真实在。

可敬可亲的钱老首长，从不到15周岁在我们党的诞生地上海秘密入党参加革命，从驻苏使馆二秘到驻几内亚大使，从青年团干部到党和国家领导人，您为中国人民和世界人民辛勤服务了一辈子，辛苦了！祈愿您平安走好。您的光辉榜样将永远活在我和我的战友们心中……

2017年5月12日于中国人民外交学会

童心常存（代后记）
梅松禾

冬近夏远，
春浅秋深。
在熟悉的田园、会场……
听说有人还把我搜寻，
谢谢！

车船今天为我停靠，
欢笑豪爽，
相拥温馨。
不必说再见：
子夜前的汗水、
弹雨后的祥云……

幸福地回家吧，
常存童心。

飞多高，
走多远，
都梦想归根——
根是祖国，
家是乡亲……

2013年3月17日（我告别全国人大正式会议的一天）于人大山东团驻地职工之家和中国公共外交协会东交民巷办事处。修定于5月16日北京—巴黎国航班机上。"梅松禾"是我近三十年前任外交部发言人期间业余写作用的笔名之一。

图书在版编目（CIP）数据

李肇星散文集 / 李肇星著. -- 青岛：青岛出版社，2016.11
ISBN 978-7-5552-4548-3

Ⅰ.①李… Ⅱ.①李… Ⅲ.①散文集—中国—当代 Ⅳ.①I267
中国版本图书馆CIP数据核字（2016）第209570号

书　　名	李肇星散文集
著　　者	李肇星
出版发行	青岛出版社
社　　址	青岛市海尔路182号（266061）
本社网址	http://www.qdpub.com
邮购电话	13335059110　0532-85814750（传真）　0532-68068026
策　　划	刘　咏
责任编辑	刘　坤
装帧设计	李开洋
平面制作	青岛翰墨杰人平面设计有限公司
印　　刷	山东临沂新华印刷物流集团有限责任公司
出版日期	2017年9月第1版　　2018年8月第2次印刷
开　　本	16开（787mm×1092mm）
字　　数	150千
印　　张	13.25
书　　号	ISBN 978-7-5552-4548-3
定　　价	58.00元

编校印装质量、盗版监督服务电话　4006532017　0532-68068638
印刷厂服务电话：0539-2925659
本书建议陈列类别：散文